Antígona

ANDREA BELTRÃO

ANTÍGONA

ELA ESTÁ ENTRE NÓS

Paz & Terra

Rio de Janeiro
2023

"Tragédia é expor uma certa história
Que livros antigos trazem à memória
Daquele que foi próspero e de alta posição,
Caiu na miséria e terminou desgraçado."

Autor desconhecido

Prefácio
por Andréa Pachá
7

Uma provocação...
12

Encontros e passagens
15

Cena 00
91

Linha do tempo
95

Agradecimentos
102

Antígona
Sófocles
Tradução de Millôr Fernandes
113

Para Artur

Prefácio
Somos seres da justiça e do amor

Andréa Pachá

O ano era 1981. Ares democráticos começavam a soprar no Brasil, depois de duas décadas paralisados pela ditadura militar. Caloura da Faculdade de Direito da Uerj, fui apresentada ao texto de *Antígona*. A crença na existência de um direito natural, compreensível por qualquer ser humano, apascentou meu coração por alguns anos.
O desespero e a coragem de uma mulher que desafia o poder de um rei para garantir o sepultamento e os ritos fúnebres ao irmão morto eram sentimentos que me irmanavam em humanidade com todos os homens e mulheres do planeta. E que também me capturaram para a linguagem dos mitos, para o Olimpo de deuses e heróis, para a compreensão da condição humana.
Parecia óbvio acreditar que a tragédia de *Antígona*, acessível a qualquer leitor do mundo, suscitaria a compreensão de que há direitos que não são limitáveis pelo poder dos tiranos.
"Então, há futuro coletivo para a humanidade pela leitura?", pensava eu, ingenuamente.
Dez anos depois, troquei os tribunais pela dramaturgia.
E *Antígona* retornou com a força trágica de Sófocles, ampliada pela lente da *Poética*, de Aristóteles.
A ousada e bem construída personagem, que me fizera compreender a dimensão de um direito natural, foi turbinada pela densidade da ancestralidade, da construção do trágico, pela contextualização familiar, pelas contradições e pela inevitabilidade do destino e das predições do oráculo.

Era rasa a minha leitura inicial. Antígona era mais forte e humana do que eu imaginava. E a força dramática ficou ainda mais evidente.

Assistir a Antígona, em cena, era presenciar a transformação individual de cada espectador, em um contexto coletivo. Era a compreensão concreta de que a ficção humaniza, ao permitir que um milagre dessa natureza aconteça no palco e reverbere na plateia.

"Então, o teatro pode nos humanizar e transformar a sociedade a partir da linguagem da representação e da catarse?", seguia eu, pensando, ainda ingenuamente, com um pouco mais de poesia.

Duas décadas se passaram. Retornei à Justiça, sem abandonar o legado que o teatro me garantiu. *Antígona* seguiu nas referências, nas aulas, na vida, em maior ou menor intensidade. Em uma experiência, para mim inédita como atriz, representei o Mensageiro em uma leitura dramática na Escola da Magistratura.

No entanto, o destino me apresentaria um encontro ainda mais arrebatador. Menos ingênua e diante da rápida degradação global provocada pelo modelo econômico neoliberal, que ampliou o utilitarismo e transformou pessoas em objetos de produção e de consumo, vi diminuir minha fé no potencial transformador da arte, da cultura, enfim, da humanidade. Por pouco não sucumbi ao pessimismo paralisante, que diariamente tenta inviabilizar a transcendência, a fantasia e o sonho. E foi nesse momento de descrença, quando o que é conhecido e experimentado parece não dar conta dos questionamentos, conflitos e angústias que sentimos no presente, quando o peso universal dos problemas tem nos causado perplexidade e assombro, é que Antígona volta à minha vida, pela voz de Andrea Beltrão, no palco do Teatro Poeirinha.

No último dia da apresentação da primeira temporada, intimada por Marieta Severo e Aderbal Freire Filho – que não admitiam que eu deixasse de presenciar o estupendo espetáculo –, meu reencontro com a personagem e com a tragédia veio com a potência transformadora de tantas crenças e esperanças, que eu quase deixei pelo caminho.
Perdi a conta do número de vezes em que retornei ao teatro, no Rio e em São Paulo, para rever Andrea Beltrão em cena. Ao fim de cada apresentação, a pulsão e a afirmação da vida se renovavam. Conseguia ouvir, nas pausas e respirações da atriz, a voz segura e a condução primorosa de Amir Haddad, nosso Tirésias que enxerga e que já viveu muito mais de 2.500 anos.
A obra que agora chega ao leitor é uma síntese bem construída de uma experiência coletiva, humana, trágica e reparadora. É um privilégio acompanhar o projeto de criação, a construção de um texto generoso, que permite o encontro com a personagem e com a história, apesar dos milênios que se passaram desde Sófocles.
Antígona, de Andrea Beltrão, é um livro para permanecer na cabeceira, para ser lido frequentemente, como uma profissão de fé no humano, na arte, no teatro, na vida. Antígona, já imortalizada na obra grega, ganha a eternidade pelo olhar da autora, que nos presenteia com a releitura da tragédia.
Ainda que vez ou outra esqueçamos os limites da nossa condição humana, é apenas deste lugar – entre o nascimento e a morte – que amamos, nos relacionamos, odiamos, sonhamos, nos sentimos responsáveis pela humanidade, manifestamos nossas limitações e misérias e padecemos. Eis a estupenda dimensão da nossa humanidade! Somos capazes das maiores proezas e das piores ignomínias.

Ainda que o destino insista em nos aprisionar, como ensina Antígona – e como reafirma Andrea Beltrão –, somos seres da justiça e do amor. Somos seres da experimentação e nosso convívio exige que, passados 2.500 anos, com o humanismo em degradação, sejamos persistentes no afeto que sustenta a vida em grupo.

Vivemos, hoje, na Tebas sitiada por todas as pragas e violências. As muitas esfinges nos devoram diariamente. Se não chega o herói trágico, que nos salvará, deveríamos ouvir as advertências ancestrais: rendamos homenagem a Baco!

É Baco, pela arte, pela catarse, pela transcendência, quem pode nos garantir a sobrevivência digna ontem, hoje e sempre. Sem a arte e sem o amor nos desumanizamos, caminhamos para o arbítrio e para a violência.

Que a Antígona que vive em cada um de nós chegue a cada um dos leitores e leitoras. Evoé!

Na minha história, aquela menina diferente,
que hoje deve ter uns dez anos,
poderia se chamar Antígona.

Uma provocação...

Tão longe, tão perto. Ninguém sabe nascendo.
Ou como diz Sócrates, o velho filósofo sempre de plantão:
"O mais sábio é aquele que sabe que não sabe".
Quando entrei na faculdade de teatro, na UniRio, que infelizmente não consegui terminar, a aula que me deixava mais assombrada era sobre Shakespeare. A professora dizia que jamais iríamos entender a obra do inglês, já que estávamos ali para usar a faculdade como trampolim para entrar na televisão. A professora era cruel. Mas durante muito tempo eu vesti a carapuça de aluna ignorante e incapaz. A maldição foi lançada e me pegou. Lia, relia, tornava a reler e achava que não estava entendendo nada. Me obriguei a ler todas as peças de Shakespeare, isso foi muito bom. Não sou Sócrates, mas sabia que não sabia tudo o que estava dito ali.
Muitos anos mais tarde, quando decidi trabalhar em Antígona, ainda carregava a angústia de aluna ignorante. Bem. Hoje tenho uma boa cara de pau, tratada com óleo de peroba e não me levo mais a sério. Ou pelo menos, tento. Grécia, aí vamos nós. Na maioria das religiões, Deus é um ser perfeito, inalcançável. Os deuses gregos, não. Às vezes chamamos por eles, pedimos ajuda e eles não vêm, não querem nem saber, estão ocupados com seus afazeres, ou numa orgia legal, ou fazendo o cabelo, ou traindo alguém. Depende da hora.
Ora, mas quem são eles?
Onde vivem?
Do que se alimentam?
Como se reproduzem?
Essas peças de teatro, que têm 2 mil e quinhentos anos de idade, apresentam deuses muito parecidos com a gente. São ciumentos, possessivos, mentem. Choram, são inseguros. E alguns não têm um pingo de caráter. Num bar,

Zeus pode estar pertinho de você. Aquele cara que não sossega na cadeira, que olha para todas as mulheres, fala alto, vaidoso. Ele é capaz de se transformar num touro para ganhar a gata. Dionísio, aquele que se senta no fundo da sala de aula, gosta da bagunça, e não admite que lancem calúnias sobre sua família (tipo Zidane na Copa do Mundo, que deu uma cabeçada no adversário porque ele xingou a sua irmã). Atenas, que já nasceu pronta da cabeça de Zeus, de armadura e lança, não se parece com aquela moça que vai à praia de batom, cílios postiços e unhas em forma de garras de gavião, preparada para o que der e vier? Hera, a mãe de todos, defensora da moral e dos bons costumes, deusa protetora do matrimônio, é aquela senhora que está em todos os aniversários da família, sempre muito preocupada em saber se a jovem está se casando virgem.
E os mortais? Penteu está nas páginas de todos os jornais, suborna atriz pornô, vende joias que não são suas, acha que ditadura e democracia são a mesma coisa. E é terrivelmente religioso. Polinices parece aquele irmão caçula que nunca volta para casa, joga bola, pega onda, voa de bicicleta, se quebra todo, volta para casa machucado. E quando não volta, quem vai atrás dele? Claro, a irmã do meio, aquela que é meio quieta meio invocada, que é simpática, mas com poucos, cheia de opinião, mas fala pouco.
Todo mundo sabe que ela é louca por esse irmão.
O nome dela começa com a letra A (de Antígona?
    De Andréa? Quem mais? Quem sabe?).

Encontros e passagens

Amir e Andréa, ao telefone

— Por que você quer montar esse texto?
— Não sei.
— Mas precisa saber.
— Por que eu adoro essa peça (tentei uma resposta).
— A peça tem dez personagens e o coro,
por que você quer fazer sozinha?
— Não sei.
— Você quer fazer todas as personagens?
— Isso pode ficar chato.
— Eu sei.
— Vamos começar a conversar, ler, estudar. Talvez
a gente encontre um caminho. Ou não.
— Está bem.
— Quando começamos?
— Janeiro?
— Pode ser. Você me procura. Estou esperando.
— Está bem.

(A pergunta do Amir ficou na minha cabeça. Eu demorei muito para admitir que a morte de meu irmão Artur, aos 19 anos de idade, tão jovem quanto Polinices, era o que me empurrava para falar dessa peça. Antígona, no seu grande ataque contra Creonte, não cita o nome de Polinices, isso me dava a chance de falar de amor com meu irmão.)

Primeiro encontro

Amir e eu decidimos trabalhar duas vezes por semana.
Café, bolo, biscoitos, e o texto, cada um com sua cópia.
Amir falou sobre as tragédias gregas.
Nosso primeiro encontro durou cerca de duas horas.
Nos despedimos e eu voltei para casa me
    sentindo a mais burra das atrizes.
Pensei: não vou conseguir.

Segundo encontro

Café, bolo, biscoitos e o texto de Antígona. Conversamos
   um pouco e partimos para a leitura da peça.
Li o mais rápido que pude para que aquilo acabasse depressa.
Conversamos um pouco e marcamos o próximo encontro.
Onde amarrei meu bode?
Tragoedia: tragos-bode; oidé-canção.

Terceiro encontro

Café, bolo, biscoitos, porque Amir gosta de
 pensar e comer ao mesmo tempo.
Partimos para a leitura da peça, mais uma vez, um desastre
 (em grego, a palavra desastre significa "estrela ruim").
Para mim, era como uma aula de física. No ginásio eu tinha
 tanta dificuldade em física que o meu professor levantava
 a maçã e me perguntava: "E agora se eu deixar a maçã
 cair no chão, o que vai acontecer?" Eu olhava para ele,
 apavorada, sem saber o que responder. Depois da prova
 final (minha nota deve ter sido algo em torno de 2 ou
 3, com esforço hercúleo), ele me chamou num canto e
 me perguntou: "Você pretende trabalhar com alguma
 coisa relacionada à física ou química?" "Não, professor,
 vou tentar ser atriz." Você jura?" "Solenemente." Ele
 me deu média 5, passei de ano e não quebrei minha
 promessa: não tentei ser astronauta nem cientista.
Amir falava sobre a peça e eu via a maçã do meu ginásio.
A maçã que Amir me mostrava estava prestes a se esborrachar
 no chão como se fosse um tomate lançado do último andar
 de um prédio. Eu estava sempre pronta. Para desistir.

Novos encontros

Arrumei a mesa, servi o café, e mais bolo e
    mais biscoitos, salgados e doces.
Abri o texto, resignada, para ler a peça inteira, outra vez.
Debaixo da mesa, minhas mãos davam um
    nó de marinheiro, e meus pés faziam uma
    dança estranha com os pés da cadeira.
Amir via tudo isso e devia estar se divertindo.
Demos o dia por terminado.
Pânico.

Encontro

O de sempre: café, bolo e biscoitos.
Peguei o texto.
De novo, ler e me ouvir.
Logo na primeira fala da peça, Antígona diz:

> *Ismênia, minha adorada irmã, existe ainda alguma desgraça que Zeus não nos tenha infligido por sermos filhas de Édipo? Tudo quanto é doloroso e funesto, tudo quanto é infame e vergonhoso caiu sobre as nossas cabeças sem diminuir a fúria desse deus. Da estirpe orgulhosa e sofrida de Laio...*

Amir me pergunta: quem é Laio?
E com essa pergunta surgiu um caminho,
  uma possibilidade para o trabalho.
Os gregos sabiam quem era Laio. Sabiam tudo sobre a família dele. Todas as fofocas. Quem transou com quem, quem traiu quem, quem matou quem. E sabiam de todos os detalhes da vida dos deuses. Dionísio saiu da coxa do pai, Atena já nasceu da cabeça do pai de armadura e lança na mão. Ares tinha um filho dragão. Cadmo inventou o alfabeto, fundou Tebas e depois pediu aos deuses para virar serpente e por aí vai. Para conhecer todos esses personagens, pesquisei e estudei como quem vai prestar o vestibular. Madrugadas com café, água, biscoito e muita internet. Era bom. Uma pilha de livros e um bom acesso à Wikipedia eram as minhas ferramentas. Sempre que recorria à internet para pesquisar alguma coisa, pensava que um dia alguém descobriria que copiei isso e aquilo, etc. e tal. E para não ser pega na mentira, já conto logo: recortei, colei ou me inspirei em alguns trechos de George Steiner, Eurípedes, Ésquilo, Junito de Souza Brandão,

Yannis Ritsos, Sotigui Kouyaté, Grotowsky, Valeria Luiselli, Jean Anouilh, Bertolt Brecht, Nietzsche, Merleau-Ponty, Ermantina Galvão, Jean Cocteau, Marguerite Yourcenar, David Mamet, Peter Brook, Borges, Anne Bogart, Freud, Italo Calvino, Roland Barthes, Matéi Visniec, Rilke, Cézanne e alguma coisa que saiu da minha cabeça mesmo. Queria contar a história da maneira mais direta e simples possível, para que todos (inclusive, ou principalmente, eu) pudessem entender. Portanto, como diz Antígona:

Confesso. Confesso tudo. Não nego coisa alguma.

Me agarrei no conto de Borges, *Pierre Menard, autor do Quixote*. "Não queria compor outro Quixote – o que é fácil – mas O Quixote. Sua admirável ambição era produzir páginas que coincidissem – palavra por palavra e linha por linha – com as de Miguel de Cervantes. 'Meu propósito é assombroso.'"
Dito isso, continuo com meu diário de bordo, assombrada. Vamos em frente.

Amir queria contar a história de Antígona percorrendo o caminho inverso, voltando para o mito, narrando a trajetória dos seus antepassados.
Este foi o pulo do gato do Amir.
Começamos um trabalho de pesquisa minucioso, apresentaríamos todos os nomes e fatos narrados na tragédia de Antígona. E só depois disso, Antígona entraria em cena, imensa. Uma princesa, uma mendiga.

"Jamais usou nenhuma joia, até sua aliança, ela a enterrou num baú. Ela vivia com as mãos escondidas nas mangas do vestido preto, com as costas grudadas na parede, o rosto sério, franzido. Diziam que ela era sombria. Nós

detestávamos quando mamãe pedia que ela ajudasse
a colocar a mesa... Porque ela trazia as travessas como
se estivesse trazendo um crânio, e as colocava entre as
garrafas, sinistra. Aí ninguém mais comia nem bebia.
Nesta hora, ela ria.
Ela era louca por Polinices, eles eram muito parecidos.
Depois que tudo aconteceu, todos choravam.
Ela não conseguia mais comer.
Andava sozinha todas as tardes.
Às vezes ia até as portas de Tebas conversar com
a mulher de pedra e corpo de leão.
Era evidente, era claro: ela sabia que algo de extraordinário,
trágico, estava para acontecer com ela."

(*Ismene*, de Yannis Ritsos)

Encontro

Café, bolo, biscoitos. Montamos a árvore genealógica
   de Antígona e de sua família. Quando começamos
   a levantar todos os personagens, tínhamos cento e
   vinte e dois nomes. Era muita gente. Fiz cartelas de
   papelão, cada uma com um nome. Eram tantas que eu
   mal conseguia segurar nas mãos. Atrás de cada cartela,
   uma cola com uma pequena história de cada grego.
Amir me pede: "Ótimo, agora me conte o que você
   sabe sobre cada um deles."
Arrumei as cartelas, que estavam devidamente numeradas.
   (Tinha acabado de assistir ao videoclipe do Bob Dylan,
   onde ele segura a letra da música "Subterranean
   Homesick Blues", ele não canta, só mostra os papéis com
   a letra.) Comecei minha sensacional exibição. Na quinta
   cartela, caiu tudo no chão. Tentei mais uma vez e mais
   uma vez caiu tudo no chão, as cartelas perfeitamente
   embaralhadas. Eu estava vermelha de vergonha, meu
   rosto ardia, era um perfeito tomate desesperado,
   enquanto tentava reorganizar as malditas cartelas.
Tivemos que encerrar o trabalho daquele dia.
Eu estava exausta.

Encontro

Eu e as cartelas, café, bolo etc. Eu olhava para
 o texto em cima da mesa, desanimada, e
 pensava que aquilo não ia dar em nada.
Amir separou as cartelas que ele considerava as
 mais interessantes.
Grudamos as cartelas na parede.
Vou estragar todas as paredes da minha casa, pensei.
Está na hora de ir para a sala de ensaio.

Sala de ensaio

Marieta Severo, minha sócia, minha amiga, minha parceira, minha companheira de todas as horas, e eu, inauguramos o Teatro Poeira em 2005, um pouco mais tarde, em 2009, compramos também a oficina do seu Luís, que ficava colada ao Poeira e abrimos o Teatro Poeirinha. Nós duas dividimos todas as funções com Aderbal Freire Filho, um dos maiores diretores de teatro do Brasil, um gênio, um poeta, um amigo extraordinário, uma presença feliz, engraçado, popular e erudito, mil homens num só, um homem fora de série. Aderbal dirigiu mais de dez peças no teatro Poeira-Poeirinha, idealizador e criador de todos os projetos realizados no Poeira ao longo de 18 anos. Aderbal, que saudade imensa de você.
No Poeira, temos uma sala de ensaio, e foi lá que passei meses e meses sozinha estudando Antígona.
Amir aparecia quando eu tinha alguma novidade, quando eu conseguia avançar na história. Ele me ouvia, dizia muitas coisas, minha cabeça fervia, comia pão de queijo com café e ia embora.
Eu ficava lá, curtindo uma solidão.
Amir não tem paciência para ficar horas e horas assistindo aos ensaios, onde os atores se debatem com suas dificuldades.
Ele provoca.
E se manda.

Encontro

Para mim, era só água e café. Às vezes um pão de queijo. E horas e horas na sala de ensaio.
Comprei cartolinas amarelas, desenhava com pilot preta e vermelha, e colava figuras. Minhas cartelas e minhas cartolinas foram as minhas companheiras de trabalho na sala de ensaio (me sentia na escola primária, trabalho em grupo, e ficava encarregada de levar a cartolina tentando não esbarrar em ninguém no ônibus lotado, porque entregar uma pesquisa amassada para a professora era a derrota.)
Às vezes não conseguia fazer nada. Ouvia música triste e chorava. Acho que ouvi Harry Nilsson cantar "Everybody's Talkin'", tema do filme *Midnight Cowboy* [*Perdidos na noite*], umas trezentas vezes. Quando a música acabava, eu apertava a setinha para começar outra vez. E chorava. Não sei o porquê disso, não sei por que cismei com essa música. Meu inglês é péssimo e nem entendo o que diz a letra. Mas não era importante. Era bom porque eu chorava e pronto.
Ligava para o Amir e avisava que estava desistindo. Mas quando desligava o telefone, já tinha uma nova pesquisa para fazer.

Meses na sala de ensaio. Paredes brancas, janelas abertas, cartolinas amarelas, computador, canetas, o texto de Antígona, caneta, cola, tesoura. Na sala, eu pesquisava sobre todos os personagens que apareciam na minha frente. Por exemplo: eu precisava saber tudo sobre Laio; quem era o pai de Laio? Lábdaco. E a mãe de Laio? Não sei. (TRECHO CORTADO) E quem eram os pais de Lábdaco? Polidoro e Nicteia. E quem eram os pais de Polidoro? Cadmo e Harmonia. Os pais de Cadmo, Rei Agenor e Teléfassa. Cadmo era irmão de Cílix, Fênix e

Europa. Estamos chegando nos deuses. Porque o maior de todos os deuses, Zeus, era casado com a deusa Hera, deusa do matrimônio (que missão chata, a dela). Acontece que Zeus curtia um poliamor, com mulheres, homens, bichos e o que mais pintasse. Quando ele viu Europa, a irmã de Cadmo, se apaixonou por ela e sabendo que ela adorava touros, ele se metamorfoseou num touro maravilhoso, ela se encantou, subiu no touro-Zeus e nunca mais se soube de Europa. Quando chegamos neste ponto da nossa árvore genealógica, na porta de entrada do Olimpo, Amir e eu decidimos que já poderíamos fazer o caminho de volta até Antígona, e pisar na terra de Tebas.

Café, água. Meu horário de chegada no meu ensaio solitário era às 15h00. Às 19h00, dava o expediente por encerrado.

Água e nada mais, porque café já não descia. Meu estômago implorou por um descanso. Na sala branca de ensaio, tem um espelho grande. Eu tinha pavor de olhar para ele. Quando trabalho, não gosto de saber de espelhos. Não gosto de me ver "funcionando". Prefiro fazer o que tem que ser feito.
Não sabia o que fazer com as mãos.
Lembrei de uma cena que vi, era *Macbeth* de Shakespeare. Quando Lady Macbeth começa a enlouquecer, lavando as mãos incessantemente após os assassinatos cometidos pelo casal, o sangue imaginário que manchava as mãos dela era representado por um lenço vermelho de seda, enorme, que se arrastava pelo palco. Vou imitar isso, pensei.
Em casa, encontrei uma echarpe perfeita. Tinha sido um presente da minha prima Lú, que mora em Mogi das

Cruzes. Quando ela me deu, não gostei muito por causa da
cor. Era um vermelho com listras rosas, bem chamativo.
Guardei.
Ainda bem.
No dia seguinte levei o lenço da minha prima para
o ensaio.
Metade dos meus problemas estavam resolvidos.
A echarpe era o lenço que cobria a cabeça de Antígona; era
Édipo recém-nascido; era o cinturão sexy de Édipo jovem;
o sangue que escorre dos olhos de Édipo, olhos que ele
mesmo arrancara das órbitas quando descobre que matou
seu pai e se casou com sua mãe; era a tempestade, era a
conflagração dos céus e dos mares em volta de Zeus; era a
cabeça de Penteu, que fora degolado por sua própria mãe.
O pano vermelho era o corpo de Polinices
morto, estendido no chão.
E também as amarras de Antígona quando ela
é presa, antes de ser emparedada viva.
É o véu do casamento com Hémon, que não se realiza.
E no fim, Antígona enforcada, com seu próprio véu, vermelho.
Era tudo isso, o pano.
Meu parceiro de cena.
Agora não estava mais sozinha.

Passagem de tempo

Escolhemos a data de estreia. Meus parceiros de criação e eu constituímos uma espécie de Cooperativa Comunista, todos nós ganhávamos mal igual, o que significava uma pequena ajuda de custo. Amir, bem. Amir é o Cara. Todos nós chamávamos Amir de Zeus, porque ele era mesmo o deus de todos deuses ali, o todo poderoso, o maior de todos. Fábio Arruda e Rodrigo Bleque fizeram o cenário, que era um não cenário. Porque a gente gosta assim, de uma coisa improvisada, roqueira, mimeógrafo, giz na parede, essas coisas. Eles fizeram a arte gráfica da peça também. Antônio Medeiros e Guilherme Kato criaram o figurino. Na primeira versão, a calça tinha umas franjas vermelhas, a camiseta era invocada, com uma letra do alfabeto grego, dourada. Penamos para descobrir qual seria o melhor tênis, não podia ter cadarço. E os sapatos de salto agulha da Ismênia e da Esfinge, eles pintaram a sola de vermelho para parecer que eram sapatos caríssimos de uma loja caríssima muito conhecida. Aurélio de Simoni deu à luz (perdão pelo trocadilho, mas foi isso mesmo que ele fez). Uma luz solar. O Sol de Tebas. "O que diz o meio-dia profundo? O ódio estende-se sobre Tebas como um sol terrível. Depois da morte da Esfinge, a cidade vil não tem mais segredos: tudo vem à luz." (Fogos, de Marguerite Yourcenar). Marina Salomon me ensinou a dançar a tragédia. Ela assistia aos ensaios e capturava gestos ou ações que eu nem me dava conta de ter feito. Nós duas escrevemos uma partitura sutil, que não era para ser executada com precisão, eram rabiscos. Era livre. Alessandro Persan, do Grupo Tá na Rua, do Amir, trouxe músicas de vários lugares do mundo. Eram vozes estranhas e maravilhosas. Eram as vozes que eu precisava ouvir para encontrar uma voz que fosse mais ou menos minha. Por que no teatro, ninguém é dono de nada. Tudo é de todo mundo. A coisa mais sem graça de se ouvir num ensaio é "Fui eu que tive essa ideia!" Embora eu mesma já tenha dito essa frase, sei que não é assim. No teatro as ideias surgem da mistura de pessoas e suas vidas. "Cada pessoa é uma enciclopédia, uma biblioteca, um inventário de objetos, uma amostragem de estilos, onde tudo pode ser remexido e reordenado de todas as maneiras possíveis" (*Seis propostas para o próximo milênio*, de Italo Calvino).

Vanessa Cardoso botou nosso bloco na rua, fizemos um barulho forte para apresentar a nossa Antígona. Um ônibus imenso circulava pela cidade com a foto desta que vos fala e com os letreiros: Sófocles, Millôr, Amir. Uma tragédia grega fazendo o trajeto Botafogo-Grécia. Era a glória. E por último, ela, a bela Conceição. A camareira mais engraçada e amorosa dessas bandas. Minha amiga. Conceição me dava café para aguentar o tranco e cafuné quando eu estava triste. O que mais se pode querer da vida?

Depois da estreia para 49 pessoas no Teatro Poeirinha, em Botafogo, a peça *Antígona* foi apresentada em vinte teatros diferentes. Carmen Mello estava no leme do barco, uma das maiores produtoras de teatro do Brasil. Uma mulher incansável, de ânimo inabalável (não gosto de adjetivos, mas ela merece todos). Foi com ela que Antígona andou por muitas cidades e teatros. Na periferia do Rio de Janeiro e em algumas capitais, as plateias variavam de 150 a 1.500 pessoas. Precisávamos decidir, a cada teatro, onde colocar o nosso cenário de papel e as cordas, a cadeira, descolar uma escada (a que estivesse disponível no teatro). Assim, fizemos com o mesmo cenário várias configurações diferentes. Algumas muito bonitas, outras menos, mas a ideia era essa, o mais importante era contar a história. E assim, em cada lugar era uma Antígona nova. Adorava chegar num teatro diferente e arrumar o palco para a peça, isso era muito bom. O espetáculo já começava aí.

Atriz atroz, atrás há três

Vou contar uma coisa. Para fazer a peça, todos os dias eu chegava bem cedo no teatro. Tinha uma vitrolinha que eu levava para o palco e tocava Rolling Stones ("Paint It, Black"/ "Sympathy for The Devil", minha preferida antes de entrar em cena/ "She's A Rainbow", que para mim era a cara da Antígona/ "Immigrant Song", porque eu adorava ouvir os gritos no meio da música, eu pensava nos gritos dos pássaros que Tirésias descrevia: "Ouvi um barulho aterrador. Eram pássaros se atacando, uns aos outros. Com os bicos e com as garras se rasgavam as carnes mutuamente. E as vozes de todos, que em geral entendo, como se fossem humanas, tinham se transformado numa indecifrável algaravia."/ "Nome aos bois", dos Titãs, porque ali só faltavam o Creonte e o Penteu, e outras músicas variadas.). E aí eu passava a peça toda. O texto e as marcas. Uma obsessão. Mas eu gostava. Um dia, Amir chegou cedo e me viu ali no palco, suada, ofegante, corpo fervendo. Ele me disse: "Por que você passa a peça todos os dias antes de começar a sessão?" Respondi: "Porque tenho medo de errar."[1] E ele: "Não faça isso, você não precisa disso. Você já sabe fazer a peça. E quando o público chegar você já terá feito a peça. Vai fazer outra vez? Assim não tem graça." E eu: "Não, tenho que passar tudo, se errar, estarei sozinha no palco, o que que eu vou fazer da minha vida?" Ele: "Você sabe contar essa história. Conte."
Durante os ensaios, Amir insistia muito comigo sobre a terceira pessoa. Eu não entendia que diabo era isso. Quem é a

---

[1] Em cena, sempre errei, erro e errarei. Acontece que nesta peça fui acometida por um sintoma histérico. Como estaria sozinha em cena, enfiei na cabeça que não podia tropeçar, errar falas, tinha que ser uma atriz "perfeitinha", uma virtuose. Estava tensa e devia estar chata demais. Insuportável.

terceira pessoa? Ele explicava, pela décima vez: Antígona é uma pessoa, a contadora da história é outra pessoa. Você está em cena, você é a terceira pessoa. Você precisa deixar clara a sua opinião sobre o que diz a peça. Você precisa estar em cena. Para o Amir, o verbo ESTAR é o verbo mais importante no teatro. Eu me debatia com essa história de terceira pessoa. Todas as noites perguntava para ele: "Hoje eu trouxe a terceira pessoa?" E ele: "Ainda não, mas ela vai chegar, fique calma. Você precisa parar com essa agonia de não poder errar. Só quando você errar, vai poder saborear a peça. Aí a terceira pessoa vai aparecer. E outra coisa, deixe-se devorar. No palco, só se ganha quando se perde." Eu, de cuca fundida, balançava a cabeça, fingindo que estava de acordo. Mas errar na frente de uma plateia enorme, um texto grego, um clássico? Nem pensar.
Pois muito bem.
Eis que chega o dia. O tão temido dia.
Tudo ia bem, eu estava surfando (eu achava que sim...), a plateia curtindo (eu achava que sim, também...), quando de repente!
Foi numa fala de Creonte, quase no final da peça.
Creonte diz:

> *É fraqueza fazer menos do que fiz. Não basta apenas destruir o traidor. É preciso que seja exposto à execração, para que fique o princípio: os que se deixam corromper são abatidos. Se minha mão tremer, estou FODIDO.*

Não! Maldição!
De onde saiu isso?
Eu estava em pé, em cima da cadeira, a marca era essa. A plateia fez um "Hãn?" discreto. Mas o silêncio era tão grande que pareceu um estrondo. Parei.

Gelada. Encarei o público durante o que me parecia ser uma eternidade. Entreguei os pontos.
"Não, não é fodido que eu preciso dizer. Creonte não diria isso. Eu errei, desculpem. Vou dar essa fala outra vez."
A plateia explodiu numa risada camarada. Gostei daquilo.
Fui até o texto, que eu sempre deixava em cena, tamanho era o meu pavor de um branco irremediável, folheei as páginas e encontrei: **Perdido**. Não era **fodido**, era **perdido**. Quase a mesma coisa. Tomei um gole de água da minha inseparável garrafa, subi novamente na cadeira, enchi os pulmões e mandei: **Se minha mão tremer, estou perdido.** Dei uma ênfase especial à palavra certa, o público riu outra vez. Eu ri também. E fomos em frente. Assim que o espetáculo terminou, liguei correndo para o Amir e contei, satisfeita: "Errei. Amir, errei."
E ele: "Pronto. Agora sim. A terceira pessoa chegou. Desfrute."
E assim foi.

Antígona, aos teus pés

Agora, estou sentada no aeroporto de Atenas, Grécia.
    Pegamos um táxi, Maurício e eu. O motorista colocou
uma música americana podre bem alto (e eu gosto de
música americana, mas aquela não dava pé). O aplicativo
de trajetos dele falava grego, é claro, sem parar e bem
alto também. O motorista usava aquele corte de cabelo
que praticamente todas as pessoas da minha idade já
tiveram a infelicidade de experimentar lá pelos idos dos
anos 80: topete curto, com franja, e a parte detrás do
cabelo bem comprida, fazendo uma cabeça de pássaro.
O horror. Mas eu estava eufórica, fora de mim. Por que
eu estava ali, na Grécia. Todos os nomes que citava na
peça, todos os lugares que descrevi, todas as histórias que
contei no palco através de Antígona existiram. Ou quase.
Mas eu vi. Eu vi o Oráculo de Delfos. Eu vi o Templo de
Dionísio. Eu vi o Templo de Atena. Finalmente eu iria
conhecer os gregos, de quem falei durante tantos anos.
Os gregos, sobre quem pesquisei e li tudo que pude.
Quando estava chegando nas escadarias da Acrópole,
    escorreguei e caí, literalmente, de joelhos. O chão estava
úmido e o tênis que escolhi com a certeza de que ele não
me deixaria em apuros, deslizou como se eu estivesse
patinando no gelo (não sei patinar). Voei. Foi assim
mesmo, caí de joelhos diante da Acrópole. Levantei, sacudi
a poeira e fui conhecer o mundo de 3 mil anos atrás.
Muito além dos monumentos, eu vi o cotidiano da cidade,
    Atenas. Como ela funciona. A vida dos gregos.
Fui ao parque onde está o Templo de Hefesto e outros
    sítios arqueológicos, e vi uma turma de jovens sentados
na sombra de uma árvore ouvindo a professora
que contava a história daquele lugar – eu pensei
em Platão, Sócrates, Sêneca, todos esses caras.

Eu vi mulheres andando de salto bem alto nas ruas estreitas
de paralelepípedos, sem tropeçar, cheirosas (demais,
até), cabelo bem-arrumado, roupas chamativas. Outras,
com roupas discretas e confortáveis, cheias de estilo,
cabelos pretos, sobrancelhas grossas e os olhos enormes,
desenhados, mulheres bonitas de verdade – eu pensei em
Jocasta (mulher de Cadmo), Eurídice, Hécuba, Clitemnestra.
Vi um homem, barbudo, cabeludo, desgrenhado, com
seus setenta e muitos anos, provavelmente, sempre
na mesma sarjeta (eu acho que as sarjetas em Atenas
são todas de mármore). Ele usava óculos escuros,
mas ao contrário, virados de cabeça para baixo, e isso
me chamou muita atenção. Ele lia sem parar, sempre
que passávamos por ele. Eu queria dar um oi, mas
achei que ele não ia achar a menor graça. Tirésias
não é muito chegado a piadas ou simpatias.
Vi homens gregos imensos, que falavam alto, donos do
pedaço, alguns me lembraram Creonte, Penteu e Polidoro.
Vi Ismênia, uma garotinha muito arrumada, de
vestido bonito, com laço de fita impecável
no cabelo, que caminhava cheia de si.
Etéocles corria atrás dela.
Mais atrás, vem Polinices, às gargalhadas, correndo e
sacudindo os braços para assustar outra irmã, mais
nova, que ia na frente dos irmãos, de cara amarrada.
A garota era invocada, ela corria pela calçada, com duas
trancinhas que estavam se desfazendo, a blusa toda
amassada para fora da saia, as meias escorregavam canelas
abaixo. E ela falava sozinha. Estava praguejando alguma
coisa contra o irmão, que não cansava de provocá-la.
Mas ela nunca desejaria nenhum mal para esse irmão
que ela amava tanto. E que amou durante toda a sua
vida breve. E por ele, ela deu a sua própria vida.

"O teatro nasce e renasce a cada interpretação, a
cada desempenho. As Antígonas, que povoam
a nossa imaginação há mais de dois milênios,
dão uma dimensão viva da força de atração
que os mitos gregos exercem sobre nós.
Quem são as Antígonas de hoje?
As Antígonas do passado e do presente são muitas, e
hoje outras estão nascendo, exatamente agora."

(*Antígonas*, de George Steiner)

Boa noite.
Bem-vindos.
Estamos na Grécia, onde nasceu Sófocles,
    na cidade de Colono, há 2.500 anos.
       Mas parece que foi ontem.

PRÓLOGO

ANTÍGONA – Ismênia, minha irmã, existe ainda alguma desgraça que Zeus não nos tenha infligido por sermos filhas de Édipo? Tudo quanto é doloroso e funesto, tudo quanto é infame e vergonhoso, caiu sobre as nossas cabeças sem diminuir a fúria desse deus. Da estirpe orgulhosa e sofrida de Laio, resta só nós duas. E agora essa proclamação que o nosso comandante lançou a toda Tebas. Que sabes dela? Ouviste alguma coisa? Ou ignoras que os que amamos vão ser tratados como inimigos? Eu vou enterrar meu irmão. E se te recusares, farei a minha e a tua parte. Da estirpe orgulhosa e sofrida de Laio, resta só nós duas.

I. LAIO

Laio é filho de Lábdaco, que é o rei de Tebas. Quando
  Lábdaco morre, Laio, para se proteger dos usurpadores
  do trono de seu pai, foge para a cidade de Pisa, que é
  governada pelo grande rei Pélope. Mas Laio se apaixona
  por Crísipo, que é filho único e único herdeiro do
  rei Pélope. Laio violenta Crísipo. Crísipo, humilhado,
  se mata. Então o rei Pélope amaldiçoa Laio.

PÉLOPE – Laio, você jamais poderá ter filhos.

Laio volta para Tebas, assume o poder e se casa
  com a bela princesa Jocasta, que é irmã de
  Creonte. Mas no dia do casamento, o Oráculo de
  Delfos confirma a maldição do rei Pélope.

ORÁCULO DE DELFOS – Laio, você jamais poderá
  ter filhos. E se tiver um filho, esse filho
  matará o pai e se casará com a mãe.

Laio e Jocasta decidem não ter filhos.
Apesar disso, Jocasta fica grávida.
Nasce Édipo.

II. ÉDIPO

Para evitar que a profecia se realize, Laio e Jocasta perfuram os pés do recém-nascido, Édipo – o de pés inchados –, penduram a criança numa vara, como se fosse uma caça, e entregam o menino para um pastor, que deverá deixar a criança no alto do Monte Citerão, até que morra devorada pelos cães.
Mas o pastor é um homem bom, e ele não tem coragem de fazer isso. Ele entrega o menino para outro pastor, que vai levar Édipo para viver em Corinto.

III. ÉDIPO EM CORINTO

Édipo cresce em Corinto. Um rapaz exuberante, forte,
saudável, feliz, lindo, sexy. Desejado por todas as
mulheres e invejado por todos os homens.
Uma noite, durante um festão no palácio,
um convidado extremamente bêbado e
inconveniente, passa por Édipo e diz:

CONVIDADO BÊBADO – E aí, filhinho adotivo?

Édipo tinha certeza de que era filho legítimo
do Rei Pôlibo e da Rainha Mérope.
Mas ele fica intrigado e vai ao Oráculo de Delfos.
O Oráculo faz uma revelação surpreendente:

ORÁCULO DE DELFOS – Édipo, você vai matar
seu pai e se casar com sua mãe.

Édipo foge, sem destino, do seu próprio destino.

IV. O PAI, O FILHO E O DESTINO

Mas o punho do destino se abate sobre Édipo.
E em sua caminhada, Édipo cruza com a comitiva do
 rei Laio, que estava indo ao Oráculo de Delfos, pois
 havia tido presságios de que o filho, que ele julgava
 morto, estaria voltando a Tebas para matá-lo.
Os guardas de Laio ordenam que Édipo saia do caminho.
Édipo, sem saber que está diante de um rei, não obedece.
Laio, sem saber que está diante de um príncipe, fica
 furioso com a arrogância de Édipo e o atropela
 com a sua carruagem. Édipo, um rapaz de
 temperamento violento, reage violentamente.
Mata a todos.
A primeira parte da profecia se realiza.
Édipo mata o pai.

V. AS MULHERES

ISMÊNIA – Antígona, e agora nós. Nós duas aqui sozinhas. Pensa bem, que fim será o nosso, muito mais miserável do que todos, se desprezarmos o decreto do rei, desafiarmos sua força. Não, temos que lembrar, primeiro, que nascemos mulheres, não podemos competir com os homens; segundo, que somos todos dominados pelos que detêm a força e temos que obedecer a eles, não apenas nisso, mas em coisas bem mais humilhantes. Peço perdão aos mortos que só a terra oprime. Não tenho como resistir aos poderosos. Constrangida a obedecer, obedeço. Demonstrar uma revolta inútil é pura estupidez.

VI. A ESFINGE

Édipo chega à Tebas e encontra as sete portas da
    cidade dominadas pela Esfinge, um gigante
    de pedra com cabeça de mulher, peito, patas e
    garras de leão, cauda de serpente, asas de águia,
    sedenta de sangue e o nariz roído pelo tempo.
Para entrar na cidade, Édipo precisa
    desvendar o enigma da Esfinge:

ESFINGE - **Decifra-me ou te devoro. Qual é a criatura que
    tem pela manhã 4 patas, à tarde 2, e à noite, 3?**

Édipo, o Rei das palavras cruzadas, responde:

ÉDIPO - **O homem. O amanhecer é o engatinhar de uma
    criança. O entardecer, a fase adulta. E o anoitecer,
    a velhice, quando precisamos de uma bengala.**

Derrotada, a Esfinge se suicida.

VII. ÉDIPO EM TEBAS

Édipo salva Tebas da Esfinge.
As portas da cidade se abrem para ele.
Os tebanos proclamam Édipo o novo rei, e ele se casa com
    a bela rainha viúva, que ainda é muito jovem, Jocasta.
A segunda parte da profecia se realiza.
Édipo se casa com a sua mãe.

VIII. O LAMENTO

ANTÍGONA – Agora tocaste no ponto mais dolorido que há dentro de mim, a sorte de meu pai. E me vem o horror do leito de minha mãe, o leito tenebroso onde ela dormiu com o próprio filho. De que gente infeliz, de que desgraçado instante se gerou o meu miserável ser. Nada de estranho então que agora eu esteja aqui abandonada e maldita, caminhando sozinha ao encontro deles. Meu irmão, um gesto de amor por ti, me traz a morte. Vivo, era bom estar viva ao teu lado. Morto me matas.

IX. A FESTA DA VITÓRIA

CORO – Sete capitães nas sete portas contra sete chefes guerreiros tebanos se mediram e entregaram a Zeus, por intermédio nosso, o tributo de suas armaduras destruídas. Dois desses capitães, Etéocles e Polinices, não viram o fim da luta. Dois filhos do mesmo pai, na mesma mãe gerados, ambos vitoriosos, ambos derrotados. Agora, cabe esquecer a guerra, enterrar nossos mortos e aproveitar as riquezas conquistadas. Cantos e coros a noite inteira no santuário dos deuses! E que Baco, Dionísio, dirija a nossa alegria e faça a nossa dança estremecer a terra!

X. CREONTE

CREONTE – Por estas regras simples, eis o que disponho sobre os filhos de Édipo. Etéocles, que morreu defendendo a cidade, deverá ser sepultado com todas as pompas militares dedicadas ao culto dos heróis. Mas seu irmão Polinices, amigos dos inimigos que nos atacaram, Polinices, que voltou do exílio jurando destruir a ferro e fogo a terra onde nascera e conduzir seu próprio povo à escuridão, esse ficará como os que lutavam a seu lado – cara ao sol, sem sepultura. Ninguém poderá enterrá-lo, velar-lhe o corpo, chorar por ele, prestar-lhe, enfim, qualquer atenção póstuma. Que fique exposto à voracidade dos cães e dos abutres, se é que esses quererão se alimentar em sua carcaça odienta.
O sentido da minha decisão é que, mesmo depois de mortos, não devemos tratar heróis e infames de maneira idêntica. Nunca, enquanto eu for rei, Tebas dará tratamento igual ao traidor e ao justo.

XI. O EDITAL

ANTÍGONA – Etéocles, quase um menino, e Polinices, ainda mais jovem, lutaram até o fim. Separados na vida, também não poderão se reencontrar sob o manto da terra. Esse é o edital que o bom Creonte preparou para mim. Para mim, sim. A sua decisão é fria, e ameaça quem a desrespeitar com a morte.

XII. DUAS MULHERES

ISMÊNIA – Antígona, lembra, que o nosso pai morreu odiado
e vilipendiado, depois que, juiz terrível, encontrando
nele mesmo o culpado que tanto procurava, arrancou,
com as mãos, ambos os olhos. Lembra, que depois a
mãe e esposa, duas mulheres numa só, abandonou
a vida se pendurando numa corda ignominiosa. E
hoje, a terceira desgraça: perdemos, num só dia,
dois irmãos, um derramando o sangue do outro,
se dando mutuamente o golpe de extermínio.

XIII. CRIME E CASTIGO

Édipo é um grande rei.
Ele é muito amado e muito respeitado.
Teve quatro filhos com Jocasta: Etéocles,
 Polinices, Ismênia e Antígona.
A felicidade reina no palácio.
Mas os deuses, implacáveis, querem vingança e
 lançam sobre Tebas uma terrível maldição.
A terra está seca, os animais não se reproduzem,
 as mulheres abortam, tudo estéril.
Para salvar Tebas do flagelo, Édipo manda
 Creonte ao Oráculo de Delfos.
Creonte volta com a resposta.
Há um crime. O assassinato do rei Laio, que precisa
 ser investigado, e o assassino, punido.
Édipo ordena que se encontre o culpado.
Sem saber que procura a si mesmo.
Manda chamar Tirésias.

XIV. TIRÉSIAS

Tirésias, o velho profeta cego de Tebas.
A história do Tirésias é interessante, vou contar.

Tirésias estava passeando pela floresta, naquela época
existiam muitas florestas. Quando de repente, sem querer,
ele matou uma cobra fêmea. Por causa disso ele foi
castigado pelos deuses. O castigo dele foi viver sete anos
como uma mulher. Depois, ele matou uma cobra macho,
foi perdoado pelos deuses e virou homem novamente.
Por isso, ele conhece profundamente os dois sexos,
homem e mulher, por dentro e por fora.
E quando Zeus e Hera, durante uma orgia no Olimpo,
decidem fazer uma aposta para saber quem
tem mais prazer na relação sexual, o homem
ou a mulher, eles perguntam a Tirésias.
E Tirésias responde: a mulher. A mulher tem nove vezes mais
prazer durante o coito do que o homem. Nove vezes.
Hera fica furiosa com a resposta (até hoje eu não entendi
porque ela fica furiosa, mas a história é contada
assim). E faz com que Tirésias perca a visão. Zeus,
compadecido do amigo, lhe dá o dom da previsão.

TIRÉSIAS – Édipo, não dirijas mais a palavra a esta gente nem
a mim. És um maldito aqui. És o assassino que procuras.

O crime é desvendado. O círculo se fecha. E uma torrente
de desgraças e infortúnios desaba sobre Édipo.

XV. RESUMO

Resumindo: Édipo descobre que é filho adotivo do rei
   Pôlibo e da rainha Mérope. Ele descobre que seus
   verdadeiros pais tentaram matá-lo quando ele nasceu.
E que, sem saber, matou seu próprio pai.
E que, sem saber, se casou com sua própria mãe.
E que seus filhos são também seus irmãos.

XVI. O HOMEM I

CORO – Muitas são as coisas prodigiosas sobre a terra mas nenhuma mais prodigiosa do que o próprio homem. Quando as tempestades do sul varrem o oceano, ele abre um caminho audacioso no meio das ondas gigantescas que procuram em vão amedrontá-lo: à mais velha das deusas, à Terra, eterna e infatigável, ano após ano ele rasga-lhe o ventre com a charrua obrigando-a a maior fertilidade. A raça volátil dos pássaros captura, muitas vezes, em pleno voo. Caça as bestas selvagens e atrai para as suas redes habilmente tecidas e astuciosamente estendidas a fauna múltipla do mar, tudo isso ele faz, o homem, esse supremo engenho. Doma a fera agressiva acostumada à luta, coloca a sela no cavalo bravo, mete a canga no pescoço do furioso touro da montanha. A palavra, o jogo fugaz do pensamento, as leis que regem o Estado, tudo ele aprendeu, a si próprio ensinou. Como aprendeu também a se defender do inverno insuportável, das chuvas malsãs. Vive o presente, recorda o passado, antevê o futuro. Para o homem, tudo é possível.

XVII. JOCASTA

Jocasta corre para o seu quarto. Ela está desesperada. Ele deu
 à luz o esposo que teve com o esposo e teve filhos com
 seu filho. Jocasta arranca os cabelos, grita por Laio, grita
 por Édipo. Jocasta se enforca. Quando Édipo encontra
 a mãe morta, arranca o broche que ela traz na roupa e
 fura os próprios olhos. Ele não quer ver mais nada.

ÉDIPO – Os Deuses me odeiam. Melhor não ter nascido.

E uma chuva de sangue desce dos seus olhos. Uma
 chuva de sangue em jorros incessantes.

XVII. O HOMEM II

CORO – Na criação que cerca o homem, só dois mistérios terríveis, dois limites. Um, a morte, da qual em vão tenta escapar. Outro, seu próprio irmão e semelhante, o qual não vê e não entende. Se não resiste a ele é esmagado. Se o vence, vira um monstro que até mesmo os deuses desamparam. Só o governante que respeita as leis de sua gente e a divina justiça dos costumes mantém sua força, porque mantém a sua medida humana. Em mim só manda um rei: o que constrói pontes e destrói muralhas.

XIX. O MALDITO E A MALDIÇÃO

Édipo, maldito e cego. Quem não invejou este homem
tão poderoso? As filhas Ismênia e Antígona ficam
ao lado do pai. Mas os filhos, Etéocles e Polinices,
decidem trancar Édipo no alto da torre do palácio, para
esconder a tragédia e a miséria deste pai infeliz.

ÉDIPO – Malditos. Essa é a minha maldição. Morram,
ao mesmo tempo em que se matem.

XX. O EXÍLIO

Édipo abandona Tebas e as sete portas escancaradas
   da cidade parecem querer vomitá-lo.
Antígona acompanha o pai no exílio, na cidade de Colono. Esse
   pai, que é ao mesmo tempo seu trágico irmão mais velho.
Édipo morre.
Antígona retorna a Tebas.

XXI. ANTÍGONA

Antígona atravessa as setes portas da cidade. Ela
 caminha sozinha pelas ruas desertas, pisando em
 garrafas vazias e em corpos abandonados que as
 aves de rapina já sobrevoam. Descabelada, suada, as
 unhas parecem garras, ela parece uma mendiga.
Mas ela vai provar até que ponto pode chegar o amor
 de uma irmã.

XXII. DOIS IRMÃOS – ETÉOCLES

Com a morte de Édipo, Etéocles e Polinices decidem se alternar no trono de Tebas, num revezamento com direitos iguais. Mas Etéocles se recusa a devolver o trono no tempo devido e expulsa Polinices da cidade.

XXIII. DOIS IRMÃOS – POLINICES

Polinices fica desarvorado e reúne um exército
    de soldados em Argos. Ele volta para Tebas
    para lutar contra Etéocles pelo trono.
E então a guerra. Dois filhos do mesmo pai, na mesma
    mãe gerados, ambos vitoriosos, ambos derrotados.

XXIV. O DESAFIO

GUARDA – O corpo, quando o descobrimos, não estava bem enterrado, tinha em cima apenas uma poeira fina e alguma terra, como se alguém quisesse apenas mostrar seu desafio ao decreto real. Também não havia em volta qualquer pegada de fera ou cão faminto que, atacando os despojos, pudesse ter nos confundido. Imediatamente começamos a nos acusar uns aos outros, aos gritos e impropérios, e quase chegamos a nos agredir mutuamente, pois éramos todos réus, todos juízes. Cada um jurou da maneira mais violenta a sua própria inocência. Súbito um vento quente nos envolve num turbilhão de areia em brasa. O redemoinho se abate sobre as árvores, arranca as folhas, escurece o céu, enche a planície toda de destroços mil. Fechamos os olhos e enfrentamos tremendo aquilo que só podia ser a maldição celeste. Quando, enfim, a tempestade passou, abrimos os olhos e vimos essa mocinha aí, com as mãos e os cabelos cheios de terra, soltando gritos de horror e angústia como um pássaro desesperado por perder os filhotes.

XXV. A DESOBEDIÊNCIA

ANTÍGONA – Confesso tudo, não nego coisa alguma.

CORO – O chefe de Estado tinha todo direito
de tratar como tratou o traidor.

ANTÍGONA – O direito de respeitar os mortos é mais sagrado.

CORO – Ela tinha todo direito de tratar como
tratou Polinices. Era irmão dela.

ANTÍGONA – A glória que eu buscava, eu já tenho e
ninguém mais me tira. A de dar ao meu irmão
um enterro digno. Eu fiz a minha parte.

XXVI. DIONÍSIO

Dionísio. Dionísio é o único grande deus grego
   que é filho de um deus e de uma mortal.
Como Jesus Cristo.
Porque Dionísio é filho de Zeus, deus de todos os deuses
   gregos, o todo poderoso, e de Sêmele, uma linda
   princesa tebana filha de Cadmo, fundador de Tebas.
Zeus é um deus supermulherengo e ele é casado
   com a deusa Hera, que é superciumenta e ela se
   vinga de todas as amantes do seu marido.
Quando Hera descobre que Sêmele está grávida de Zeus,
   ardilosa, ela assume a forma de uma criada:

HERA – Dona Sêmele, a senhora já viu seu Zeus
com a fantasia de deus? Ele fica tão
bonito. Pede pra ver, pede...

SÊMELE – Zeus, eu quero ver você vestido
com a tua roupa de Deus, agora.

Zeus, supervaidoso, surge diante de Sêmele em seu
   esplendor de Soberano dos Céus e Mestre do Mares,
   cercado por milhões de raios, relâmpagos e trovões,
   numa conflagração gloriosa e aterrorizante. Sêmele
   não resiste ao fogo divino e morre calcinada.
Zeus arranca da barriga de Sêmele o filho que ela
   carrega e costura a criança em sua própria coxa.
Assim nasce Dionísio, em Tebas, da coxa de Zeus. Dionísio, o
   filho predileto de Zeus, o tonitruante. Dionísio, o protetor
   de Tebas. E para honrar sua mãe, Dionísio desce ao mundo
   dos mortos e arranca sua mãe das mãos da morte, não

para morar sobre a terra, mas para viver no Olimpo,
pois apesar de ser uma mortal ela é mãe de um deus.
Como Maria.
Por onde passa, Dionísio é adorado, venerado, cultuado,
idolatrado, amado, menos em sua própria cidade,
Tebas, porque o rei de Tebas, Penteu, um rei
invejoso, autoritário, ignorante, burro e terrivelmente
religioso... bem, ele não acredita que Dionísio
seja filho de Zeus e joga Dionísio na cadeia.

**DIONÍSIO – Penteu, Zeus virá me livrar. Ele está aqui.
Ele está vendo todo o meu sofrimento.**

**PENTEU – Ele não está em parte alguma onde eu
possa vê-lo. Você é um feiticeiro enganador.**

**DIONÍSIO – Ele está onde eu estou. Você não
pode vê-lo porque não é puro.**

Penteu insulta e ameaça Dionísio.
Mas Dionísio vai se vingar de Penteu.
Dionísio chama as Bacantes, suas fiéis adoradoras,
elas vão fazer um grande ritual. Dionísio
assume a forma de um forasteiro.

**DIONÍSIO – Meu rei, se o senhor quiser assistir à dança sexual e
libidinosa das mulheres de Tebas, eu levo o senhor até lá...
mas tem que ir disfarçado porque homens não entram lá.**

Penteu, seduzido, aceita o convite e parte com o
forasteiro, todo vestido de mulher, com uma peruca
enorme de cachos louros. Os dois seguem para as
montanhas. Quando chegam lá, Dionísio grita:

DIONÍSIO – Cuidado, Bacantes, um leão!

As Bacantes, embriagadas e enfurecidas, avançam
   sobre Penteu. Penteu, enquanto é esquartejado
   e rasgado aos pedaços, compreende finalmente
   que lutou, em vão, contra um grande deus.
Agave, mãe de Penteu, que também não acreditava que
   Dionísio fosse filho de Zeus, está completamente
   enfeitiçada e arranca a cabeça de Penteu.
Corre para o palácio.
Quando Cadmo vê a cabeça de seu neto nas
   mãos de sua filha, fica aterrado.

CADMO – Minha filha, como é o nome de teu filho?

AGAVE – Penteu, fruto do meu amor com Equionte,
   o guerreiro nascido dos dentes do dragão.

CADMO – E de quem é a cabeça que tens nas mãos?

AGAVE – É de um leão (ela exibe o troféu orgulhosa).

CADMO – Olha-a bem. Eleva teus olhos. Não a reconheces?

AGAVE – Meu filho! Pai! Quem matou meu filho?

CADMO – Filha, tu mesma o degolaste.

Os deuses implacáveis não descansam.
   O ódio do céu não se limita.

XXVII. CADMO

Cadmo. Cadmo recebeu do Oráculo de Delfos
   a missão de fundar uma nova cidade.
Para isso ele teria que enfrentar um Dragão que
   tomava conta de uma fonte de água sagrada.
A deusa Atena, filha nascida da cabeça de Zeus, seu pai, atiça
   Cadmo a matar o dragão e a enterrar seus dentes na terra.
Desses dentes brotaram milhares de guerreiros
   que ajudaram Cadmo a fundar Tebas.
Mas o que Cadmo não sabia, é que o Dragão
   era filho do deus Ares, o deus da guerra, um
   deus brutal, violento e muito vingativo.
E, por causa da morte de seu filho dragão, o deus Ares
   amaldiçoa Cadmo e toda a sua família. Então Cadmo
   implora a Zeus para ser transformado em serpente,
   pois ele não aguenta mais viver a vida dos homens.

XXVIII. POLIDORO

Cadmo tinha um filho, Polidoro. Com a morte de
Penteu, Polidoro assume o poder. Polidoro proíbe
o culto a Dionísio, proíbe o ritual das Bacantes.
Polidoro morre esquartejado pelas Bacantes.

XXIX. LÁBDACO

Polidoro tinha um filho, Lábdaco. Com a morte de
Polidoro, Lábdaco assume o trono de Tebas. Lábdaco
proíbe o culto a Dionísio, proíbe o ritual das Bacantes.
Lábdaco morre esquartejado pelas Bacantes.

XXX. LAIO, OUTRA VEZ

Lábdaco tinha um filho, Laio.
Que a gente já conhece bem.
Laio, que fugiu de Tebas, que se apaixonou por
 Crísipo, que se matou, que foi amaldiçoado por
 Pélope, Laio que se casou com Jocasta.
Laio, pai de Édipo.

XXXI. O AMOR

E agora, Antígona, neta de Laio, filha de Édipo. Ela está
pálida, sozinha e desamparada. Ela é muito jovem e
gostaria demais de ter vivido. Ela veste traje de luto
e se prepara para enfrentar a sua hora. Enquanto
ao longe se ouvem os cantos e os risos pela vitória
que nunca é total, pois jamais sem mácula.

ANTÍGONA – Não nasci para o ódio, mas para o amor.
E nunca é do amor que parte a violência,
e sim dos que, incapazes de amar, odeiam.
A violência é a mãe da violência.

XXXII. HÉMON

Hémon, filho de Creonte, noivo de Antígona.

HÉMON – Pai, nenhuma mulher jamais mereceu destino tão cruel, morte tão infamante. Essa que ousou tudo para não deixar o irmão ser pasto dos cães e dos abutres devia ser coroada pelo povo, carregada em triunfo, vestida numa túnica de ouro. Esse é o murmúrio clandestino que corre por aí. Porque o povo fala, pai, com medo, mas fala. Sábio é o que não se envergonha de aceitar uma verdade nova e mais sábio é o que a aceita, sem hesitação. Quando a tempestade cai sobre a floresta, os arbustos que se curvam à ventania resistem e sobrevivem, enquanto tombam gigantes inflexíveis. Continua, enquanto puderes, com teus atos de demência, pois sempre haverá um lacaio que se fingirá teu amigo e que dirá que ninguém tem mais bom senso do que tu. Enquanto fores rei.

XXXIII. LIGAÇÕES DE SANGUE

CREONTE – Vejam com que fúria defende uma mulher. Foi a única de todos os cidadãos apanhada em aberta desobediência. Não adianta ela apelar para ligações de sangue e parentesco. Pois se não consigo governar minha própria casa, como poderei manter minha autoridade na área mais ampla do Estado? Só sabe comandar quem desde cedo aprende a obedecer. A pior peste que pode atacar uma cidade é a anarquia. Não estou disposto a deixar a indisciplina corroer o meu governo, comandada por uma mulher. Se temos que cair do poder que isso aconteça diante de outro homem.

XXXIV. A LEI

ANTÍGONA – A tua lei não é a lei dos deuses, a tua lei não é
a lei dos homens, a tua lei não é a minha lei. É apenas
o capricho ocasional de um homem. Não acredito que a
tua proclamação tenha tal força que possa substituir as
leis não escritas dos costumes e os estatutos infalíveis
dos deuses. Porque essas não são leis de hoje, nem de
ontem, mas de todos os tempos: ninguém sabe quando
apareceram. Não, eu não iria arriscar o castigo dos
deuses para satisfazer o orgulho de um pobre rei. Eu
sei que vou morrer, não vou? Mesmo sem o teu decreto.
E se morrer antes do tempo, aceito isso como uma
vantagem. Quando se vive como eu, em meio a tantas
adversidades, a morte prematura é um grande prêmio.
Morrer mais cedo não é uma amargura. Amargura
seria deixar abandonado o corpo de meu irmão.
E se disseres que ajo como louca eu te respondo
que só sou louca na razão de um louco.

XXXV. A CULPA

Eis que aparece Ismênia, chorando agora por
 sua irmã querida. Uma nuvem de angústia e
 amargura altera-lhe o rosto admirável.

ISMÊNIA – Antígona, ainda é tempo de te dar minha
 aprovação. E peço que me deixe dividir contigo a tua
 culpa. Se te reconciliares comigo, talvez nosso irmão
 morto me perdoe também a minha hesitação de antes.

ANTÍGONA – Não queiras repartir agora a culpa daquilo
 em que não tiveste coragem de botar as mãos.
 Vive tu, que a tua vida já vale bem menos do que
 a minha. A minha morte basta. Creonte, a tua
 fúria excessiva é apenas fraqueza apavorada.
A diferença entre nós, Creonte, é que nós duas
 ficamos loucas diante da nossa desgraça
 e tua desgraça virá de tua loucura.

XXXVI. TIRÉSIAS

TIRÉSIAS – Eu estava sentado nos rochedos dos augúrios, no local onde costumam se reunir todas as aves, quando ouvi um barulho aterrador vindo do céu. Eram pássaros se atacando uns aos outros em desespero, com o bico e com as garras se rasgavam as carnes mutuamente e as vozes de todos, que em geral entendo, como se fossem humanas, tinham se transformado numa indecifrável algaravia. Tomado de pavor fiz acender logo a pira do holocausto. Mas nenhuma chama se ergueu do sacrifício. A gordura das coxas de animal pingava sobre as brasas produzindo borrifos violentos e uma fumaça negra. O fígado explodiu soltando fel. E os ossos descarnados apareceram mais brancos que o normal. Cede Creonte, cede enquanto é tempo.

XXXVII. A SENTENÇA

CREONTE – Enquanto o povo se distrai nas praças
festejando a vitória ela será enviada para um lugar
deserto, enterrada viva numa gruta de pedra, nas
montanhas. Lá não lhe chegará um som de voz
humana e poderá conversar em paz com seus mortos
queridos. Receberá como alimento apenas a ração
de trigo e vinho que os ritos fúnebres mandam
dar aos mortos. É isso. Para se manter viva terá
que se alimentar com a comida dos mortos.

XXXVIII. ANTÍGONA EMPAREDADA

ANTÍGONA – Tumba, alcova nupcial, eterna prisão de pedra.
Seja o que seja, lá esperam mortos sem número para
abrir seus braços de sombra para mim, que desço
à sepultura sem ter provado o gosto da existência.
Levo comigo a esperança de ser bem recebida por
ti meu pai, saudada com alegria por ti minha mãe,
esperada com ternura por ti meu irmão; pois na hora
da morte eu não os abandonei. Os corpos de meus
pais, lavei-os e vesti-os com minhas próprias mãos,
encomendei-os aos deuses, pratiquei sobre eles
todos os ritos funerários. E é por ter ousado fazer
o mesmo com teu corpo em ruínas, meu irmão, que
me dão a recompensa de te encontrar na morte.
Contudo, os cidadãos sensatos apoiam e dão razão ao meu
comportamento. Sabem que com meu pai e minha mãe
já nas sombras do sepulcro, a vinda de outro irmão
não é mais possível. Eis porque enfrentei a fúria da
lei e a incompreensão da maioria. Eis porque coloquei
acima de tudo as honras que meu irmão merecia.
E por um gesto de piedade me apontam como ímpia.
Porque respeito os mortos dizem que sou sacrílega.
Mas breve, meu destino cumprido, eu saberei dos
próprios deuses se errei eu ou se erraram os meus
juízes. Se o erro é deles, me falta imaginação para lhes
desejar um fim pior do que o que me impuseram.

XXXIX. A INFINITA DESGRAÇA

CORO – Agora mesmo Antígona, um raio de esperança,
brilhava suavemente na mansão de Édipo. Mas
eis que num instante a luz se transforma em
sangrenta nódoa por causa de um punhado
de poeira oferecido a um morto e de algumas
palavras imprudentes que ela não soube calar.
Porém, embora haja os preferidos do infortúnio e os
preferidos da sorte, uma verdade maior impõe sua
verdade: "Nada de grande é dado ao ser humano que
não venha acompanhado da dor correspondente."
Assim, não pisa demais teu inimigo porque é terrível
quem chega ao fim do desespero. E invencível quem
não tem nada a perder. Cuidado para que a infinita
desgraça que vês hoje não te pareça, amanhã,
ventura gloriosa comparada ao que te acontecer.

XL. O PERDÃO

TIRÉSIAS – Creonte, todos sabem que és tu o culpado da doença que ataca o nosso estado. Os oratórios dos lares e os altares dos templos foram maculados, um e todos, por pássaros e cães que devoraram pedaços da carcaça do filho de Édipo. Os deuses não estão aceitando as nossas orações e os nossos sacrifícios. Nenhuma ave do céu solta um grito feliz de bom augúrio desde que provaram a gordura de um defunto. A hora do erro chega a todo ser humano. Mas quem logo a percebe e se corrige é menos tolo, menos infeliz, tem menos culpa. Não apunhala quem já não tem vida, Creonte. Perdoa o morto.

XLI. A VERDADE

MENSAGEIRO – Por mais que doa a verdade, dói menos que a mentira, pois dói uma vez só. Guiei Creonte até a região deserta onde jazia Polinices, ou os restos podres e dilacerados daquilo que ainda ontem sorria com esse nome. Rezamos à deusa dos caminhos e pedimos a Plutão que contivesse a sua ira. Lavamos o corpo com água consagrada e, juntando aqui e ali alguns gravetos, respeitosamente incineramos os restos do morto e seus poucos pertences. As cinzas foram, enfim, dadas à terra e sobre elas fizemos um túmulo modesto. Partimos então na direção da câmara nupcial de Antígona, onde a donzela esperava a morte emparedada viva. Alguém que ia na frente ouviu um gemido de homem partindo da masmorra e veio, apavorado, avisar o nosso rei. Quando nos aproximamos, o clamor saído das pedras se tornou ainda mais confuso enquanto o rei, desesperado, gemia e gaguejava angustiado: "Desgraçado de mim! Mil vezes desgraçado se o que pressinto for verdade. Essa é a voz de meu filho ou os deuses enganam meus ouvidos. Depressa, servidores fiéis, entrem depressa! Se alguém passou vocês também podem passar!" Afastando um pouco mais a pedra da entrada, penetramos acompanhados do rei, que parecia louco. E na parte mais profunda do sepulcro, descobrimos Antígona enforcada, num laço feito com o próprio véu. Hémon, abraçando-a pela cintura, chorava o amor perdido e invectivava o pai como assassino. Mas Creonte, na dor do pai, ignorando a fúria do amante, perguntou aos soluços: "Meu filho, que cegueira é essa? Ficaste louco? Vem comigo, eu te imploro!" Hémon não respondeu. Olhou-o com olhar gelado e cuspiu-lhe na cara, ao mesmo tempo que num gesto feroz atirou um golpe de espada contra o pai. Errando o golpe e vendo Creonte correr, apavorado, Hémon jogou todo peso do corpo contra a espada, que o atravessou sinistramente, lado a lado. Moribundo, ainda abraça Antígona com os braços frouxos e no espasmo da morte lança um jato de sangue na face pálida da morta. Morto abraçado a morto, lá ficaram.

XLII. A DESGRAÇA

GUARDA – Senhor, a dor com que entras em casa é semelhante à dor que te espera lá dentro. Teu filho Megareu está morto, atravessado por uma flecha fatal no campo de batalha. E a rainha Eurídice acaba de se matar, desgraçada, com golpes que desferiu contra o próprio peito.

XLIII. O PREÇO

CREONTE – Céus insaciáveis, cujo ódio nenhum sacrifício
diminui. Eu já estava morto, e outro golpe me
mata uma segunda vez. Quantas vezes será preciso
purgar os erros cometidos? Quantos corpos dos
que me cercam serão precisos para saciar a ira
divina? O meu não basta? Tebas de Sete Portas,
eis tudo que resta da estirpe de Laio. Olhem para
mim, vejam a que preço aprendi a ser humano.

XLIV. BALANÇO FINAL

CORO – Não há posição que o homem atinja em sua vida mortal que se deva invejar ou lastimar. Não se diga que um homem é isso ou que não foi aquilo, que é perverso ou bom, sábio ou estulto, antes que a morte chegue e com ela o balanço final de toda uma vida. A fortuna eleva e a fortuna humilha, dia a dia. Faz felizes e infelizes, hora a hora. Foi apenas há um momento que Creonte salvou esta terra da desgraça: vestiu com justiça a toga do juiz, empunhou com propriedade o cetro do monarca. Reinou, um breve instante, pai glorioso de filhos principescos. Um giro só da roda da fortuna, e eis que perdeu tudo. Pois no estado em que está já não o conto entre os vivos.

XLV. O LOUCO

CREONTE – É fraqueza fazer menos do que fiz. Não basta apenas destruir o traidor. É preciso que seja exposto à execração para que fique o princípio: OS QUE SE DEIXAM CORROMPER SÃO ABATIDOS. Se minha voz hesitar, cairão sobre mim. Se minha mão tremer, estou perdido. Para fertilizar o solo é necessário força. Não se pergunta ao solo se deseja a lâmina do arado.

XLVI. O ERRO

CORO - A vida é curta e um erro traz um erro. Desafiado o destino, depois tudo é destino. Só há felicidade com sabedoria, mas a sabedoria só se aprende é no infortúnio. Ao fim da vida os orgulhos tremem e aprendem também a humildade. Creonte já não tem poder. Antígona já não tem vida. Tebas morre com eles.

EPÍLOGO

Deus é um homem, mas o infinito desassossego
da sua alma é, certamente, da mulher.

Glória a Antígona.

FIM

Cena 00

Quando soube que ela estava na plateia, fiquei animada. Porque era sempre assim. Quando Marieta Severo-Antígona foi assistir à peça, fiquei feliz, porque estaria falando aquele texto para alguém (minha parceira da vida toda) que também já passou por ele. Conhece as maravilhas e as dificuldades. Quando Renata Sorrah-Ismênia foi ver a peça, também. Excitante, a irmã de Antígona estaria na plateia.

Eva Wilma havia participado de uma montagem famosa de *Antígona*, em 1969, intitulada *Ato sem perdão*, com direção de José Renato, cenários e figurinos de Flávio Império, e no papel de Creonte, o grande Leonardo Villar. A tradução era também de Millôr Fernandes. Um time de craques. No início da montagem de 1969, Eva declamava um prólogo que explicava, ou muito mais do que isso, transportava o público para a dimensão da tragédia, para a profundidade humana do texto de Sófocles.

André, que trabalhava comigo em Antígona, também tinha trabalhado com Eva durante muito tempo. E ele me soprou que ela tinha uma memória impressionante, e que ainda sabia de cor (de coração) todo o texto de *Antígona*. Fiquei em êxtase.

Como fazia todas as noites, recebi a plateia, e quando aquela mulher linda e forte entrou, foi uma comoção. Um burburinho tomou conta da audiência.

Nos beijamos. Ela se sentou na primeira fila com uma amiga e seu filho estava logo atrás.

Tomei coragem e antes de começar o meu serviço, anunciei que tínhamos ali, naquela noite, uma das maiores atrizes brasileiras, e que ela era também uma Antígona.

Ela riu, feliz. Cúmplice.

Pedi:

— Vivinha, me disseram que esse texto está inteiro na sua memória. É verdade?

E ela, sorrindo:

— Sim, é verdade.

— E você se importaria de dizer alguma fala pra gente?

— Aqui? Agora?

A plateia estava alvoroçada, alguma coisa extraordinária estava para acontecer.

E ela:

— Vou declamar o famoso prólogo que Millôr escreveu para abrir a peça. Eu adorava dizer esse texto. Posso?

Silêncio de cortar com faca.

E lá foi ela.

Quando terminou, foi aplaudida de pé, gritos, assovios, uma festa.

E aí falei para o pessoal:

— Pronto, podemos ir para casa. A peça já foi feita. Nada nem ninguém fará mais bonito do que Eva Wilma fez aqui.

Todos rimos, aplaudimos de novo, felizes.

Peguei meu lenço vermelho, vesti as sandálias da humildade, com muito prazer, e fiz meu trabalho.

Foi uma noite e tanto.

Teatro é assim. Só quem estava lá sabe como foi.

A seguir, reproduzimos o prólogo de Ato sem perdão, *de Millôr Fernandes, declamado por Eva Wilma no Teatro Poeira.*

EVA WILMA-PRÓLOGO – Ao cidadão grego, na plateia, o que lhe importava, ao entrar de novo para ouvir de novo, não era a velha lenda: era a palavra nova do poeta.

Colocando o cidadão de hoje atento aí, à espera, em pé de igualdade com o ateniense de faz tantos séculos, lhe damos um resumo da espantosa história: Creonte, rei de Tebas, vinga-se de Polinices, sobrinho e inimigo.

Antígona, irmã de Polinices, enfrenta o rei, é condenada à morte. Hémon, filho do rei, noivo de Antígona, rompe com o rei.

E assim a história avança, em luta fratricida, ódio mortal, violência coletiva. Tudo pago por fim, naturalmente, com a escravidão do povo, na derrota final.

Sabemos bem que ninguém aprendeu muito com essa história de Sófocles. Os jornais de hoje mostram que os próprios gregos não aprenderam. E, cansativamente, ela se repetiu nos 2.400 anos que se passaram: ânsia de Brutus, cruz de Cristo, Bizâncio prostituída, Heil Hitler!, Lumumba esquartejado, Kenya de Kenyatta, Che nas montanhas.

Há sempre duas faces de uma mesma moeda. Cara: um herói. Coroa: um tirano. Algo mudou, bem sei. A ambição mudou de traje, a guerra de veículo, o poder de método. O mundo girou muito, mas o homem mudou pouco.

Porém repetir uma história é nossa profissão, e nossa forma de luta. Assim, vamos contar de novo de maneira bem clara. E eis nossa razão: ainda não acreditamos que no final o bem sempre triunfa. Mas já começamos a crer, emocionados, que, no fim, o mal nem sempre vence. O mais difícil na luta é descobrir o lado em que lutar.

Linha do tempo

1945 - Fim da Segunda Guerra Mundial. Adolf Hitler é derrotado, para o bem da Humanidade. **1950** - Há 10 anos acontecia o lançamento do filme *O grande ditador*, de Charles Chaplin. **17 DE JULHO DE 1950** - Tragédia no Maracanã. Uruguai 2 x 1. **1955** - Ariano Suassuna escreve a peça "O auto da Compadecida", as aventuras de João Grilo, um sertanejo pobre e mentiroso, e de seu amigo Chicó, o mais covarde dos homens. **4 DE JANEIRO DE 1960** - Um acidente de carro mata o escritor Albert Camus. No carro foi encontrado o manuscrito de seu último livro, *O primeiro homem*. **1963** - A astronauta Valentina Tereshkova é a primeira mulher no espaço. **31 DE MARÇO DE 1964** - Golpe militar no Brasil. **1965** - Malcolm X, negro, ativista dos direitos humanos americanos, é assassinado. **19 DE NOVEMBRO DE 1967** - Morre João Guimarães Rosa, um dos maiores escritores brasileiros de todos os tempos. **21 DE JULHO DE 1969, ÀS 2H56** - O astronauta Neil Armstrong pisa na Lua e diz: "Um pequeno passo para o homem e um grande salto para a humanidade." **19 DE NOVEMBRO DE 1969** - É lançado o Chevrolet Opala no Brasil. **1969** - Samuel Beckett, dramaturgo e escritor irlandês, recebe o Prêmio Nobel de Literatura. **1970** - Brasil tricampeão do mundo, na Copa realizada no México. **1970** - Donna Summer, a rainha da discoteca, sacode as pistas de dança. **1971** - Há 66 anos, um crítico de artes diz que Paul Cézanne faz "pintura de limpador de fossas embriagado". **1971** - Ano Internacional da Luta contra o Racismo. **1971** - O Vulcão Etna entra em erupção. **12 DE ABRIL DE 1972** - Tem início a Guerrilha do Araguaia, no sul do Pará. A maioria dos guerrilheiros, formada principalmente por ex-estudantes universitários e profissionais liberais, foi morta em combate na selva ou executada após sua prisão pelos militares. Ainda hoje, muitos são considerados desaparecidos políticos. **12 DE SETEMBRO DE 1973** - No Chile, sob o comando do general Augusto Pinochet, os militares derrubam o governo socialista de Salvador Allende. Allende é assassinado no Palácio de La Moneda. **8 DE ABRIL DE 1973** – Morre o pintor e escultor espanhol Pablo Picasso. **1973 –** O cineasta Federico Fellini lança *Amarcord*. **1973 –** Fim da Guerra do Vietnã. **25 DE ABRIL DE 1974 –** Cai o ditador António de Oliveira Salazar. A Revolução dos Cravos depõe a ditadura portuguesa. **25 DE OUTUBRO DE 1975 –** O jornalista Vladimir Herzog é assassinado nas dependências do DOI-CODI. **1976 –** Em Uganda, o ditador Idi Amin Dada é nomeado presidente vitalício. **24 DE MARÇO DE 1976 –** Isabelita Perón é deposta por uma Junta Militar e começa uma ditadura na Argentina. **18 DE JULHO DE 1976 –** A ginasta Nadia Comăneci recebe a primeira nota 10 da história da ginástica olímpica. **19 DE AGOSTO DE 1977 –** Morre o comediante Groucho Marx. **16 DE SETEMBRO DE 1977 –** Morre a cantora lírica Maria Callas. **4 DE AGOSTO DE 1978 –** Nasce Barack Obama, primeiro presidente negro dos Estados Unidos. **1979 –** Madre Teresa de Calcutá recebe o Prêmio Nobel da Paz. **18 DE FEVEREIRO DE 1979 –** Nevou no Deserto do Saara. **15 DE MARÇO DE 1979 –** O general João Batista Figueiredo substitui o general Ernesto Geisel na Presidência do Brasil. Uma de suas famosas frases era algo como: "Prefiro cheiro de cavalo do que cheiro de povo." **1979 –** Enchentes de repercussão mundial arrasam o Vale do Rio Doce. Centenas morrem, milhares ficam desabrigados. **1979 –** Fundação da Associação Nacional de Jornais, com o objetivo de defender a liberdade de imprensa no Brasil. **1º DE JULHO DE 1979 –** O primeiro walkman é vendido pela Sony. **13 DE OUTUBRO DE 1979 –** A doméstica Marli Pereira Soares vê seu irmão de 18 anos ser retirado da cama e executado por policiais do 20º Batalhão da Polícia Militar. Ela vai sozinha ao 20º Batalhão e aponta, numa revista à tropa, os três PMs que assassinaram seu irmão. **1980 –** O professor George Steiner começa a escrever seu livro *Antígonas*, um profundo estudo sobre os mitos gregos antigos que continuam a dominar o sentido de nós próprios e do mundo. **1980 –** Há 2.476 anos nasce Sófocles, num subúrbio de Atenas, em Colono. Foi um dos maiores autores das tragédias gregas. Escreveu, entre outras, *Édipo Rei, Édipo em Colono* e *Antígona*. **9 DE JULHO DE 1980** - Morre o diplomata, poeta, dramaturgo e compositor Vinicius de Moraes. **8 DE DEZEMBRO DE 1980** - O cantor John Lennon é assassinado na porta de sua casa. **1980** - É criado o padrão Ethernet. **31 DE MARÇO DE 1980** - Morre Jesse Owens, o atleta negro que, nas Olimpíadas de 1936, em Berlim, triunfou sob os bigodes de Adolf Hitler. O monstruoso ditador foi humilhado diante de uma plateia em êxtase. **21 DE DEZEMBRO DE 1980** - Morre o dramaturgo e jornalista Nelson Rodrigues, que dizia: "O grande acontecimento do século foi a ascensão fulminante e espantosa do idiota." **1981** - Um asteroide é descoberto e denominado Dostoiévski. **13 DE MAIO DE 1981** - O papa João Paulo II é atingido por dois tiros na praça de São Pedro. **8 DE JUNHO DE 1981** - O arquipélago dos Açores passa a receber ligações telefônicas automáticas do arquipélago da Madeira. **3 DE JULHO DE 1981** - A Igreja revê o caso de Galileu Galilei, físico, matemático, astrônomo e filósofo, proibido pelos católicos, em 1616, de divulgar e defender que o Sol, e não a Terra, era o centro do sistema solar. **22 DE AGOSTO DE 1981** - Morre o cineasta Glauber Rocha. **9 DE NOVEMBRO DE 1981** - Na Mauritânia, foi abolida a escravidão. **23 DE JULHO DE 1983** - Pouco antes da meia-noite, dois Chevettes com as placas cobertas param em frente à Igreja da Candelária e atiram contra dezenas de pessoas que dormiam perto da igreja, a maioria crianças e adolescentes. Oito jovens morreram. **1983** - O poeta Carlos Drummond de Andrade escreve, um dia após a morte de Garrincha: "Se há um Deus que regula o futebol, esse Deus é sobretudo irônico e farsante, e Garrincha foi um de seus delegados incumbidos de zombar de tudo e de todos, nos estádios. Mas, como é também um Deus cruel, tirou do estonteante Garrincha a faculdade de perceber sua condição de agente divino. Foi um pobre e pequeno mortal que ajudou um país inteiro a sublimar suas tristezas. O pior é que as tristezas voltam, e não há outro Garrincha disponível." **1985** - Nasce o jogador de futebol português Cristiano Ronaldo. **7 DE NOVEMBRO DE 1988** -

Operários de uma fábrica entram em greve, lutando por turnos de 6 horas, reposição dos salários usurpados por planos econômicos e reintegração dos demitidos por atuação sindical. Soldados do Exército de vários quartéis e do Batalhão de Choque da Polícia Militar do Rio de Janeiro dispersam uma manifestação e invadem a usina. Um jovem soldado, obedecendo ordens, acaba matando seu próprio irmão, que era operário da fábrica e participava da greve. **11 DE NOVEMBRO DE 1989 -** Queda do Muro de Berlim. **1990 -** Cerca de 3 mil anos antes, Agenor e sua mulher, Teléfassa, entram em desespero ao ver que Zeus raptou sua filha, Europa. **27 DE JANEIRO DE 2013 -** Um incêndio de grandes proporções na boate Kiss, na cidade de Santa Maria, no estado do Rio Grande do Sul, matou 242 pessoas e feriu outras 636, todos jovens. A tragédia ocorreu na madrugada, provocada pela imprudência e pelas péssimas condições de segurança do local. **10 DE OUTUBRO DE 2014 -** Aos 17 anos, a jovem paquistanesa Malala Yousafzai recebe o Prêmio Nobel da Paz. Em 2012, ela levou três tiros na cabeça, disparados pelos talibãs, porque estava indo para a escola. Naquele mesmo ano, os talibãs destruíram 150 escolas no Paquistão. **5 DE NOVEMBRO DE 2015 -** Às 15h30, uma onda gigantesca de lama e metais engole o município de Bento Rodrigues. A barragem de rejeitos de minério da empresa Samarco se rompe e o episódio é considerado uma das maiores tragédias ambientais brasileiras. São 650 quilômetros de lama. O rio Doce agoniza. **9 DE NOVEMBRO DE 2016 -** Donald Trump é eleito presidente dos Estados Unidos da América. **14 DE MARÇO DE 2018 -** A vereadora brasileira Marielle Franco, eleita com a quinta maior votação, socióloga, feminista e aguerrida defensora dos direitos humanos, é assassinada a tiros junto de seu motorista, Anderson Gomes. Até hoje, os mandantes do crime não foram identificados. **28 DE OUTUBRO DE 2018 -** Jair "Messias" Bolsonaro é eleito presidente do Brasil. Ascensão da extrema direita chega ao Brasil. **25 DE JANEIRO DE 2019 -** A barragem de Brumadinho, localizada na região de Córrego do Feijão, em Minas Gerais, se rompe, no maior desastre com rejeitos de mineração do Brasil. A barragem era controlada pela Vale S.A., deixando 270 mortos e cerca de 3 desaparecidos. Várias famílias, até hoje, estão esperando os corpos de seus parentes para enterrá-los dignamente. **8 DE FEVEREIRO DE 2019 -** Um incêndio no Centro de Treinamento do Flamengo, o Ninho do Urubu, na zona oeste do Rio de Janeiro, acontece durante a madrugada, onde dormiam atletas de base do Flamengo. Dez jovens morreram e outros 3 ficaram feridos. O local não tinha as devidas autorizações e certificados de segurança. **20 DE AGOSTO DE 2018 -** Há um ano, a jovem Greta Thunberg, aluna do nono ano numa escola da Suécia, decide não mais frequentar as aulas até as eleições gerais da Suécia, após ondas de calor e incêndios provocados pelas emissões de carbono. Todos os dias, ela se postava diante da escola com um cartaz: "Greve da escola pelo clima." Ela ganhou atenção mundial e inspirou protestos em vários países mundo afora. E mandou um recado para o primeiro-ministro sueco: "Você só fala no crescimento econômico verde porque você está com muito medo de ser impopular. Você só fala em seguir em frente com as mesmas ideias ruins que nos meteram nessa confusão, mesmo quando a única coisa sensata a fazer é puxar o freio de emergência. Você não é maduro o suficiente para dizer a verdade. E esse fardo você deixará para nós, crianças."

Porém, ainda resta uma esperança.

AGRADECIMENTOS

Eugênia Ribas Vieira, minha amiga.
Marilena e Júlio, meus pais.
Maurício Farias, meu amor.
Francisco, Rosa, José e Antônio, meus filhos.

Foto: Matheus José Maria

Foto: Matheus José Maria

AUTÔNOE
EQUIONTE
AGAVE
POLIDORO
NICTÉIA
INO
SÊMELE
PENTEU
LÁBDACO
DIONÍSIO
LAIO
ÉDIPO
JOCASTA
JOCASTA
ANTÍGONA
POLINICES
ETÉOCLES
ISMÊNIA

Foto: Camila Cunha / Ascom PUCRS

Foto: Matheus José Maria

Foto: Matheus José Maria

Foto: Matheus José Maria

Antígona

Sófocles
Tradução de Millôr Fernandes

CENA: *Tebas, praia em frente ao Palácio Real, onde outrora residia Édipo. Ao fundo o palácio, com três portas, das quais a maior, no centro. É madrugada do dia em que os irmãos de Antígona, Etéocles e Polinices, morrem lutando às portas de Tebas. Tendo fugido os argivos, atacantes da cidade, Creonte, o rei, é o grande herói do dia.*

ANTÍGONA — Ismênia, minha adorada irmã, existe ainda alguma desgraça que Zeus não nos tenha infligido por sermos filhas de Édipo? Tudo quanto é doloroso e funesto, tudo quanto é infame e vergonhoso caiu sobre a nossa cabeça sem diminuir a fúria desse deus. Da estirpe orgulhosa e sofrida de Laio, resta só nós duas. E agora, essa proclamação que nosso comandante lançou a toda Tebas. Que sabes dela? Ouviste alguma coisa? Ou ignoras que os que amamos vão ser tratados como inimigos?

ISMÊNIA — Não ouvi coisa alguma, nem de mau nem de bom, sobre nossos irmãos, desde a hora infeliz em que trocaram golpes fatais às portas da cidade. A última coisa que ouvi foi o tropel dos cavalos de Argos fugindo noite adentro. Nada mais me chegou de que eu pudesse me alegrar ou entristecer.

ANTÍGONA — Eu bem sabia. Por isso te trouxe aqui fora, para que ninguém nos ouça.

ISMÊNIA — Ó céus! Teu rosto antecipa a angústia do teu coração.

ANTÍGONA — Um e outro, os dois, ambos — nossos irmãos morreram nessa guerra sem fim que travamos contra Argos, por umas miseráveis escavações de argila e cobre. Polinices, quase menino, acreditava em Argos e morreu por ela. Etéocles, ainda mais jovem, lutou até o fim, defendendo do próprio irmão a última porta de Tebas. Separados na vida, também não poderão se reencontrar sob o manto da terra. Para Etéocles, que morreu nobremente pela pátria e pelo direito, Creonte ordenou pompas de herói, respeito total e detalhado a todos os ritos e costumes. Mas o corpo do desgraçado Polinices, o traidor, não terá sepultura. Vieram me dizer — o edital do rei proclama que ninguém poderá enterrá-lo, nem sequer lamentá-lo, para que, sem luto ou sepultura, seja banquete fácil dos abutres. Esse é o edital que o bom Creonte preparou para ti e para mim — para mim, sim! — e que virá aqui comunicar mais claramente aos que pretendem não tê-lo entendido. Sua decisão é fria, e ameaça quem a desrespeitar com a lapidação, morte a pedradas. Agora sabes tudo. Logo poderás demonstrar se tu mesma és nobre ou se és apenas filha degenerada de uma raça nobre.

ISMÊNIA — Minha pobre irmã, se o caso é esse, que importa o que eu faça ou o que eu não faça?

ANTÍGONA — Pergunto se queres dividir comigo o trabalho e o perigo.

ISMÊNIA — Com que aventura me tentas? Que sentido têm tuas palavras?

ANTÍGONA — Procuro teu auxílio para enterrar um morto.

ISMÊNIA — O morto que Tebas renegou?

ANTÍGONA — O morto que se revoltou.

ISMÊNIA — Você tem a audácia de enfrentar o edital de Creonte e a ira do povo?

ANTÍGONA — Nenhum dos dois é mais forte do que o respeito a um costume sagrado. Enterro meu irmão, que é também o teu. Farei a minha e a tua parte se tu te recusares. Poderão me matar, mas não dizer que eu o traí.

ISMÊNIA — Ai de mim! Lembra, irmã, que nosso pai morreu odiado e vilipendiado, depois que, juiz terrível, encontrando nele mesmo o culpado que tanto procurava, arrancou, com as próprias mãos, ambos os olhos. Depois a mãe e esposa, duas mulheres numa só, abandonou a vida pendurando-se numa corda ignominiosa. Hoje a terceira desgraça: perdemos, num só dia, dois irmãos, um derramando o sangue do outro, se dando mutuamente o golpe de extermínio. E agora nós — nós duas sozinhas —, pensa bem que fim será o nosso, mais miserável do que todos, se desprezarmos o decreto do rei, desafiarmos sua força. Não, temos que lembrar, primeiro, que nascemos mulheres, não podemos competir com os homens; segundo, que somos todos dominados pelos que detêm a força e temos que obedecer a eles, não apenas nisso, mas em coisas bem mais humilhantes. Peço perdão aos mortos que só a terra oprime: não tenho como resistir aos poderosos. Constrangida a obedecer, obedeço. Demonstrar uma revolta inútil é pura estupidez.

ANTÍGONA — Pois obedece então a teus senhores e glória a ti, irmã. Eu vou enterrar o *nosso* irmão. E me parece bela a possibilidade de morrer por isso. Serei amada para sempre pelos que sempre amei e junto deles dormirei em paz. Devo respeitar mais os mortos do que os vivos, pois é com eles que vou morar mais tempo. Mas tu és livre para ficar com os vivos e desonrar os mortos.

ISMÊNIA — Eu não desonro nada; apenas não me sinto com forças para desafiar o Estado.

ANTÍGONA — Se a explicação te satisfaz, vive com ela; eu vou colocar terra sobre o corpo humilhado do meu pobre irmão.

ISMÊNIA — Vai, irmã infeliz. Não tenho tua coragem nem tua indignação e fico aqui tremendo de temor por ti.

ANTÍGONA — Poupa teu medo que a mim me basta o meu. Não é por não ter medo que tomo esta atitude. Cuida bem de tua vida, que vale, desde já, menos que a minha.

ISMÊNIA — Pelo menos esconde bem tua intenção, não fala a ninguém do que pretendes. Se ainda mereço alguma confiança, fica tranquila: também não direi nada a ninguém.

ANTÍGONA — Não, denuncia! Fala a todos, conta a qualquer um! Se pretendes com o silêncio diminuir meu ódio, estarás cometendo um erro irreparável. Proclama o que eu faço em toda parte.

ISMÊNIA — As chamas da tua loucura me gelam de terror.

ANTÍGONA — A minha loucura e a minha imprudência velam a honra de um morto querido. Me arriscando por ele não corro o risco de uma morte inglória.

ISMÊNIA — Vai então, dá terra ao morto. Embora louca, a tua ação é cheia de ternura.

Sai Antígona pela esquerda do espectador, Ismênia entra no palácio por uma das portas laterais. Entra o Coro dos Anciãos de Tebas.

CORO — Raio de sol, o mais brilhante que já surgiu na Tebas das Sete Portas, ilumina com tua luz gloriosa os troféus e os tesouros, os homens e as armas que conquistamos do inimigo derrotado. Mostra ao povo os escudos brancos antes tão orgulhosos e agora melancolicamente abandonados no campo de batalha pelos donos em fuga. Irmão, conta em todas as cidades helenas como o inimigo chegou a ameaçar nossas moradas; como apontou para o peito de nossos guerreiros suas dez mil lanças sedentas de sangue; como foi derrubado por Zeus, que tem horror às bocas cheias de jactâncias e lançou seus raios de fogo sobre o capitão, que já cantava vitória na entrada principal da amada Tebas. Como o inimigo caiu, tocha na mão, o baque do seu corpo contra a terra ensurdecendo e apavorando os seus, transformando em gritos de terror as torrentes de ódio com que nos ameaçavam, virando a nosso favor a roda da fortuna. Foi-lhes contrária a sorte, abateu-se sobre eles o punho do destino. Sete capitães nas sete portas contra sete chefes guerreiros tebanos se mediram e entregaram a Zeus, por intermédio nosso, o tributo de suas armaduras destruídas. Dois desses capitães não viram o fim da luta, dois filhos do mesmo pai, na mesma mãe gerados, irmãos mas inimigos, mortos um pelo outro, ambos vitoriosos e ambos derrotados. Agora cabe esquecer a guerra, enterrar nossos mortos e aproveitar as riquezas conquistadas. Cantos e coros a noite inteira no santuário dos deuses! E que Baco, filho de Tebas, dirija a nossa alegria e faça a nossa dança estremecer a terra.

Entra Creonte, pela porta central do palácio, acompanhado de dois assistentes. Veste-se com garbo real.

CORO — Mas eis aí que vem Creonte, filho de Meneceus, um novo chefe para um destino novo. Que intenção terá, convocando com tanta urgência a Assembleia dos Anciãos de Tebas?

CREONTE — Homens de Tebas, convoquei-os, anciãos e conselheiros da cidade, porque sempre foram fiéis ao trono e ao poder de Laio. Depois mantiveram o mesmo respeito à pessoa de Édipo, enquanto governante, e logo demonstraram igual lealdade aos descendentes do desgraçado rei. Façam que o povo todo saiba que a cidade está de novo em paz e segurança. Os deuses novamente nos protegem depois de tantas provações. O chão de Tebas é agora o duro leito de repouso dos que riam de nós. Ainda rirão, mas como caveiras, corpos em pleno vento, sem pátria nem tumba. Os abutres já nem podem se levantar do solo, saciados que estão da carne do inimigo.

Mas meu chamado tem outra importância: já é do conhecimento de todos que os dois rebentos másculos da estirpe de Édipo caíram na batalha, cada um maculado pelo sangue do outro, cabendo a mim agora sentar no trono e assumir todos os seus poderes como parente mais próximo dos mortos. Todos bem me conhecem, sabem bem da retidão e clareza com que sempre agi. Mas não se conhece verdadeiramente um homem, sua alma, sentimentos e intenções, senão quando ele administra o poder e executa as leis. Quero vos prometer ouvir sempre os mais sábios, calar quando preciso, falar se necessário e jamais colocar o maior interesse do melhor amigo e do mais íntimo parente acima da mais mesquinha necessidade do povo e da pátria. Com estas regras simples, agirei sempre para que esta cidade de memória curta não esqueça mais uma vez quais foram os resultados da batalha e não confunda, mais uma vez, o suor dos que combateram furiosamente com o suor do medo misturado à poeira da fuga.

Por estas regras simples eis o que disponho sobre os filhos de Édipo: Etéocles, que morreu defendendo a cidade, deverá ser sepultado com todas as pompas militares dedicadas ao culto dos heróis. Mas seu irmão, Polinices, amigo do inimigo que nos atacava; Polinices, que voltou do exílio jurando destruir a ferro e fogo a terra onde nascera e conduzir seu próprio povo à escravidão, esse ficará como os que lutavam a seu lado — cara ao sol, sem sepultura. Ninguém poderá enterrá-lo, velar-lhe o corpo, chorar por ele, prestar-lhe enfim qualquer atenção póstuma. Que fique exposto à voracidade dos cães e dos abutres, se é que esses quererão se alimentar em sua carcaça odienta.

O sentido da minha decisão é que, mesmo depois de mortos, não devemos tratar heróis e infames de maneira idêntica. Nunca, enquanto eu for rei, Tebas dará tratamento igual ao traidor e ao justo.

CORIFEU — Tua vontade será respeitada, filho de Meneceus, tanto para o amigo como para o inimigo da cidade. Tens o direito e o poder de determinar qualquer ação, seja com relação aos mortos, seja com relação a nós, os vivos.

CREONTE — Cuidem então para que minha ordem seja cumprida. Faço dos senhores os fiscais da minha decisão.

CORIFEU	— É tarefa pesada demais para nossa idade, Creonte. Entrega esse dever a alguém mais jovem.
CREONTE	— Não se trata de ato material de vigilância. Meus guardas já estão a postos, velando um dos cadáveres para que seja respeitado e o outro para que ninguém se atreva a lhe prestar a menor reverência.
CORIFEU	— E que exiges mais de nós, então?
CREONTE	— Que não tenham a menor condescendência para com os que ousem me desobedecer.
CORIFEU	— Não conheço ninguém tão louco que vá cortejar morte tão certa.
CREONTE	— Quem jamais saberá de que ousadias é capaz a ambição humana? O cumprimento de minha dura decisão é a primeira prova de obediência que exijo do povo que governo. Quem a desrespeitar morrerá, tão certo quanto eu ser, agora, o rei de Tebas.

Um guarda entra pela direita.

GUARDA	— Meu soberano, não vou me desculpar dizendo que estou sem fôlego porque vim correndo. Ao contrário, vim até devagar, pois muitas vezes parei no meu caminho pensando se devia continuar, ou se não seria mais sábio voltar para de onde eu vim. Minha alma me dizia: "Imbecil, por que essa pressa toda em busca do castigo?" Mas, se eu voltava atrás, a coisa piorava: "Desgraçado", dizia o pensamento, "não para no caminho. Se Creonte souber por outro o que aconteceu, teus dias estão contados." Foi esse debate, senhor, entre a certeza que empurra e a dúvida que freia, que transformou um caminho curto numa estrada longa. Mas enfim, passo a passo, depois de muita parlamentação entre mim e eu mesmo, cheguei, como vês, e por chegar aqui estou, pois pelo menos uma coisa eu concluí — a mim não poderá acontecer nada que não esteja no meu próprio destino.
CREONTE	— E por que tanto medo e tão pouco fôlego?
GUARDA	— Antes de vos dizer o que foi feito, eu gostaria de dizer que não fui eu que fiz, nem vi quem fez, e acho que ninguém pode ser castigado pelo que não fez nem viu.

CREONTE — Já vi muita gente pagar apenas por falar demais. Que crime tu tentas encobrir com esse mar de palavras sem sentido?

GUARDA — Meu rei, ninguém gosta de ser arauto de desgraças. O cadáver, alguém o enterrou rapidamente e desapareceu. Quando vimos, o morto estava coberto de pó e terra seca, e havia em volta outros sinais de que se tinham cumprido os ritos piedosos.

CREONTE — Me custa acreditar. A audácia é inconcebível! Quem foi?

GUARDA — Ninguém sabe. O chão estava liso, não havia marcas de enxada ou picareta. A terra, dura e seca, sem traço de rodas ou qualquer marca que pudesse levar ao criminoso. Quem praticou o ato não deixou vestígio. O corpo, quando o descobrimos à primeira luz do dia, não estava bem enterrado, tinha em cima uma poeira fina e alguma terra, como se alguém quisesse apenas mostrar seu desafio ao decreto real. Também não havia em volta qualquer pegada de fera ou cão faminto que, atacando os despojos, pudesse ter nos confundido. Imediatamente começamos a nos acusar uns aos outros, aos gritos e impropérios, e quase chegamos a nos agredir mutuamente, pois éramos todos réus, todos juízes. Cada um jurou da maneira mais violenta a sua própria inocência, cada qual pediu para si próprio o mais duro castigo, caso fosse culpado. Até que afinal uma voz mais sensata nos fez ficar ainda mais apavorados, pois era desgraça igual fazer ou não fazer o que ela propunha. Aconselhou que um de nós devia vir aqui vos contar tudo em todos os detalhes. Como não aparecesse um voluntário, a sorte foi tirada e coube ao infeliz, aqui presente, o azar do prêmio. E aqui estou eu que não queria vir nem sou bem-vindo, pois vos repito, meu rei: sei muito bem que ninguém ama um portador de más notícias.

CORIFEU — Creonte, uma reflexão: isso bem pode ser obra dos deuses.

CREONTE — Cala que o que tu dizes só faz aumentar a minha cólera e mostra que és tão estúpido quanto velho. Ninguém vai me convencer de que os deuses iriam proteger o covarde cuja intenção era justamente profanar os templos, pilhar os altares e os tesouros sacros. A não ser que, de agora em diante, os deuses tivessem resolvido proteger a vilania.

Não, o que há são intrigas de cidadãos descontentes comigo, que criticam minha proclamação e conspiram e murmuram, abanando a cabeça com descrença. Se recusam a curvar a nuca ao jugo do poder. Foram eles, bem sei, que tentaram e subornaram alguém para a tarefa infame.

Os homens não inventaram nada mais nefasto do que o dinheiro. Corrompe as cidades, destrói os lares, mina as almas mais honestas levando-as a atos cruéis ou vergonhosos, ensina perfídia ao mais ingênuo e conduz até o santo ao sacrilégio. Mas fiquem certos, todos os que cobraram um preço por essa traição, que cedo ou tarde vão pagar por ela um preço bem maior. Quanto a ti, ouve bem o que te digo e juro: se não me trouxeres aqui o culpado desse sacrilégio, um culpado palpável, vivo e humano, não te darei apenas a morte por castigo, mas muito, muito mais. Porque, assim, os que virem a ti e teus companheiros empalados vivos em uma estaca aprenderão que o dinheiro do crime não se lega e que nem tudo pode ser fonte de lucro.

GUARDA — Para homens humildes como eu, chega o momento em que todo gesto é um gesto errado. Que faço agora? Falo, calo, vou ou fico?

CREONTE — O simples som de tua voz me irrita. É mais sábio que partas para encontrar alguém mais miserável sobre quem possas lançar a culpa. Ou logo descobrirás que o dinheiro que recebeste era vendendo a vida.

GUARDA — Ai de mim! Dizem que a justiça é lenta, mas não existe nada mais veloz do que a injustiça.

CREONTE — Brinca com as palavras! Dou-te esse direito. Mas se não inventares bem depressa um réu para o teu crime, verás que um lucro criminoso rapidamente se transforma em amargo prejuízo. (*Entra no palácio.*)

GUARDA — Que outro qualquer procure e encontre esse culpado. Não eu. Que o destino o apanhe ou não apanhe, minha cara aqui ninguém vê mais. Os lugares onde vivem os poderosos são insalubres demais para o homem do povo. Confesso que até hoje nada me aconteceu tão espantoso quanto sair daqui com vida. (*Sai.*)

CORO — Muitas são as coisas prodigiosas sobre a terra, mas nenhuma mais prodigiosa do que o próprio homem. Quando as tempestades do sul varrem o oceano, ele abre um caminho audacioso no meio das ondas gigantescas que em vão procuram amedrontá-lo: à mais velha das deusas, à Terra eterna e infatigável, ano após ano ele lhe rasga o ventre com a charrua, obrigando-a a maior fertilidade. A raça volátil dos pássaros captura, muita vez, em pleno voo. Caça as bestas selvagens e atrai para suas redes habilmente tecidas e astuciosamente estendidas a fauna múltipla do mar, tudo isso ele faz, o homem, esse supremo engenho. Doma a fera agressiva acostumada à luta, coloca a sela no cavalo bravo e mete a canga no pescoço do furioso touro da montanha. A palavra, o jogo fugaz do pensamento, as leis que regem o Estado, tudo ele aprendeu, a si próprio ensinou. Como aprendeu também a se defender do inverno insuportável e das chuvas malsãs. Vive o presente, recorda o passado, antevê o futuro. Tudo lhe é possível. Na criação que o cerca, só dois mistérios terríveis, dois limites. Um, a morte, da qual em vão tenta escapar. Outro, seu próprio irmão e semelhante, o qual não vê e não entende. Se não resiste a ele, é esmagado. Se o vence, o orgulho o cega e vira um monstro que os deuses desamparam. Só o governante que respeita as leis de sua gente e a divina justiça dos costumes mantém sua força porque mantém sua medida humana. Em mim só manda um rei: o que constrói as pontes e destrói muralhas.

Entra Antígona acompanhada pelo Guarda.

CORIFEU — Mas que coisa espantosa é essa que estou vendo? Que portento dos deuses? Poderei por acaso fingir que não a conheço, que não sei que essa que aí está é a bela Antígona, filha infeliz do desgraçado Édipo? Que significa isso? Tu és prisioneira? Desrespeitou o édito do rei? Deixou-se surpreender num ato de loucura?

GUARDA — Eis aqui quem praticou o ato. Foi surpreendida quando tentava sepultá-lo. Mas onde está Creonte?

Creonte entra apressado.

CORIFEU — Ei-lo que chega no momento exato.

CREONTE — Que foi que aconteceu que torna minha chegada assim tão oportuna?

GUARDA — Meu rei, diz o provérbio que ninguém deve jurar que não beberá mais desta água, que jamais fará isto ou aquilo. Porque assim que juramos, tudo muda e nós também mudamos. Apavorado por tuas ameaças, eu tinha me prometido jamais botar os pés aqui de novo. Mas logo estou de volta porque peguei esta jovem no momento exato em que cuidava de enterrar o morto. E agora, senhor, deixo-a contigo, para que a interrogues, julgues, castigues, e, se permites, me vou o mais depressa, antes que outra confusão me envolva.

CREONTE — Onde, como e quando ela foi presa?

GUARDA — Repito que enterrava e consagrava o morto — e agora sabes tudo.

CREONTE — Repetes o que te contaram ou foste testemunha?

GUARDA — Conto o que aconteceu: voltamos para o posto de vigília, apavorados com tuas terríveis ameaças, limpamos o pó e a terra que cobria o corpo já em estado de putrefação e nos sentamos perto, numas pedras, de costas para o vento, pois o mau cheiro era insuportável. Cada um procurava ter os olhos mais abertos do que o outro, e todos se punham aos palavrões e às ameaças se alguém, cedendo ao cansaço, cochilava.

Assim vigiamos até que o disco do sol ficou a pino, cegando a todos com sua luz terrível. Súbito um vento quente nos envolve num turbilhão de areia em brasa. O redemoinho se abate sobre as árvores, arranca folhas, escurece o céu, enche toda a planície de destroços mil. Fechamos os olhos e enfrentamos tremendo aquilo que só podia ser a maldição celeste. Quando, enfim, passou a tempestade, esfregamos os olhos e vimos essa mocinha aí, soltando gritos de horror e angústia como um pássaro desesperado por perder os filhotes.

Foi exatamente o que ela fez ao ver o cadáver de novo descoberto. E também proferia terríveis ameaças e lançava maldições sobre os autores do que chamava de heresia. Cavando do chão, com as próprias unhas, o pouco de terra que podia, cobriu de novo o morto, ao mesmo tempo que, de uma ânfora de bronze trabalhado, bebia e derramava sobre ele a tripla libação sagrada. Vendo isso, caímos sobre ela e a prendemos, sem que demonstrasse o mais leve receio. Acusada do que fazia e do que tinha feito, não negou coisa alguma, me deixando ao mesmo tempo alegre e triste. Pois é tão bom a gente se livrar de uma desgraça quanto é penoso desgraçar os outros. Porém, sou franco, a mim o que interessa mais é a minha própria pele.

CREONTE — Tu — tu que estás aí agora com a cabeça curvada para o chão — negas ou confessas a acusação?

ANTÍGONA — Confesso tudo. Não nego coisa alguma.

CREONTE — (*Ao Guarda.*) Ela te livra de qualquer acusação. Vai embora.

Sai o Guarda.

CREONTE — (*A Antígona.*) Agora responde, sem muitas palavras, minha proibição não tinha chegado ao teu conhecimento?

ANTÍGONA — Como podia alguém ignorar? Foi divulgada na cidade inteira.

CREONTE — Foi então um desafio bem premeditado?

ANTÍGONA — Tu o compreendeste. A tua lei não é a lei dos deuses; apenas o capricho ocasional de um homem. Não acredito que tua proclamação tenha tal força que possa substituir as leis não escritas dos costumes e os estatutos infalíveis dos deuses. Porque essas não são leis de hoje, nem de ontem, mas de todos os tempos: ninguém sabe quando apareceram. Não, eu não iria arriscar o castigo dos deuses para satisfazer o orgulho de um pobre rei. Eu sei que vou morrer, não vou? Mesmo sem teu decreto. E se morrer antes do tempo, aceito isso como uma vantagem. Quando se vive como eu, em meio a tantas adversidades, a morte prematura é um grande prêmio. Morrer mais cedo não é uma amargura, amargura seria deixar abandonado o corpo de um irmão.

E se disseres que ajo como louca, eu te respondo que só sou louca na razão de um louco.

CORIFEU — Eis a filha inflexível de um pai obstinado; incapaz de se curvar ao infortúnio.

CREONTE — Mas aprendi na vida que muitas vezes as vontades mais duras são as que mais se amesquinham quando cedem: a dureza do próprio ferro se dissolve quando levado ao fogo. E basta um palmo de freio para domar o cavalo mais selvagem.

Há os que mandam e há os que obedecem. Não há espaço para orgulho no peito de um escravo. Ela já tinha mostrado sua insolência desafiando minha lei. Não satisfeita, exibe agora uma insolência maior se vantajando do feito.

É evidente que eu sou mais homem, e ela o homem se eu deixar impune a petulância. Não, embora tenha sido gerada por minha própria irmã, esteja mais próxima do meu sangue do que todos os que veneram Zeus no meu altar, nem ela nem a irmã escaparão a uma morte horrenda, pois sei muito bem que a outra é cúmplice do crime.

Tragam-na aqui — acabei de vê-la aí dentro agora mesmo, fora de si, agindo como louca. É comum almas fracas ficarem possuídas de uma convicção inabalável enquanto tramam, na sombra, a traição. Surpreendidas, porém, pouco resistem e caem em desespero. Não sei o que é maior em mim, se meu desprezo por essas criaturas ou meu ódio pelas que tentam glorificar seu crime com palavras.

ANTÍGONA — Que pretendes fazer comigo além de me matar?

CREONTE — Mais nada: isto me basta.

ANTÍGONA — Então por que esperas? Nada do que disseres poderá me agradar e tudo o que eu disser só poderá te ser agradável. A glória que eu buscava eu tenho e ninguém mais me tira — a de dar a meu irmão um enterro digno. Todos aqui se apressariam em concordar com o que eu fiz se não tivessem a língua travada pela covardia. Mas essa é a vantagem dos tiranos: impor pelo medo tudo o que dizem e fazem.

CREONTE — Ainda palavras. Não há um só tebano que pense igual a ti.

ANTÍGONA — É o que eu duvido. Controlam a língua, eis tudo.

CREONTE — Não te envergonhas de lançar tal suspeita sobre toda a cidade?

ANTÍGONA — Se pensam como eu e calam, estão errados. Se não pensam o que penso, estão errados. Ninguém pode chamar de crime honrar um irmão.

CREONTE — E o que ele matou, não era irmão?

ANTÍGONA — Irmão, sim. Filhos de um mesmo pai e de uma mesma mãe.

CREONTE	— E você não o ofendeu, honrando o que lutava contra ele?
ANTÍGONA	— Ele próprio não diria isso.
CREONTE	— Como? Concordaria em que honrasses um traidor com cerimônias iguais às dele, que deu a vida pela pátria?
ANTÍGONA	— Polinices não era um escravo, era irmão dele. Também morreu em combate.
CREONTE	— Repito: combatendo contra a pátria que Etéocles defendia.
ANTÍGONA	— Combatendo Creonte, que Etéocles defendia.
CREONTE	— O que importa é que havia uma guerra e a guerra tem dois lados. Polinices escolheu o lado errado.
ANTÍGONA	— Não é o que dizem os cidadãos de Argos. Tu sabes muito bem que eles perderam a batalha, mas não se consideram derrotados. Afirmam que usas o cadáver para aterrorizar os que poderiam se passar para o lado deles.
CREONTE	— Assim, andas ouvindo o inimigo?
ANTÍGONA	— O povo fala. Por mais que os tiranos apreciem um povo mudo, o povo fala. Aos sussurros, a medo, na semiescuridão, mas fala.
CREONTE	— Pois diga a esses que chamas de povo que não falem mais. É o que aconselho aos que amam a vida.
ANTÍGONA	— O mais apavorado é o que semeia o medo. A violência é mãe da violência. Ontem foi meu irmão. Hoje sou eu. A quem, agora, se dirige tua intimidação?
CREONTE	— A todos que pregam a desunião em Tebas.
ANTÍGONA	— A eterna ameaça: a desunião enfraquecerá a pátria e ela cairá nas mãos de forças estrangeiras. Assim o governante obriga o cidadão a curvar a cabeça a qualquer prepotência.
CORO	— Não dê muita atenção ao que ela diz, Creonte, filho de Meneceus. É o desespero quem fala. Tu que esqueces que

foi Creonte que acabou de nos dar a magnífica vitória sobre Argos.

ANTÍGONA — E todos se esquecem de que foi Tebas quem começou a luta, por ambição de Creonte. E Tebas quem, vencedora agora, avança sobre Argos destruída para impor seu domínio a um povo quase irmão. Não nasci para o ódio, mas para o amor.

CREONTE — Fica contente então. Logo vais encontrar sob a terra todos os que te são caros.

Entra Ismênia.

CORIFEU — Eis que aparece Ismênia no umbral da porta, a amável Ismênia, chorando agora pela irmã querida. Uma nuvem de angústia e de amargura altera-lhe o rosto admirável.

CREONTE — Aí está ela, a que anda sempre se arrastando pelos cantos do palácio, se preparando para beber meu sangue. Alimentei dois monstros à sombra do meu trono, duas víboras para me devorarem. Vem, confessa, participaste também da traição ou vais jurar que ignoravas tudo?

ISMÊNIA — Se minha irmã permite, eu também sou culpada. Também participei, sou cúmplice.

ANTÍGONA — Nunca! A justiça não admite que eu concorde com isso. Tu não aprovaste meu ato nem eu permiti que me ajudasses.

ISMÊNIA — Ainda é tempo de te dar minha aprovação. E peço que me deixes repartir contigo a tua culpa. Se te reconciliares comigo, talvez nosso irmão morto me perdoe também a hesitação de antes.

ANTÍGONA — Não queiras repartir agora a culpa daquilo em que não tiveste coragem de botar as mãos. Vive tu. Minha morte basta.

ISMÊNIA — Sem ti, irmã, que me interessa a vida? A quem mais dedicar o meu amor?

ANTÍGONA — A Creonte, que te interessa tanto.

ISMÊNIA — Por que zombar de mim dessa maneira inútil?

ANTÍGONA	— Para esconder a pena que tenho de ti.
ISMÊNIA	— Então deixa que eu vá contigo.
ANTÍGONA	— Minha decisão está tomada. Salva tua vida que eu não te invejo.
ISMÊNIA	— Quem te inveja sou eu, Antígona. Tu morres em paz.
CREONTE	— Senhores, não é necessário muita perspicácia para verificar que são ambas loucas, essas duas jovens. Uma é maluca de nascença. A outra acaba de ficar neste momento.
ISMÊNIA	— Eu gostaria, Creonte, que tu nos mostrasse qualquer criatura que conservasse seu tranquilo bom senso ante tal desgraça.
CREONTE	— Foi ela quem a procurou desafiando um poder muito maior que ela.
ISMÊNIA	— A diferença entre nós, Creonte, é que nós duas ficamos loucas diante da desgraça e tua desgraça virá de tua loucura. Condenas à morte a noiva de teu filho.
CREONTE	— Não existe só um prado fértil. Não existe só uma mulher no mundo.
ISMÊNIA	— Hémon concorda?
CREONTE	— Hémon é meu filho, e meu comandante mais eficiente. Sabe que só decido o que é melhor e está acostumado a obedecer.
ANTÍGONA	— Meu pobre Hémon, como teu pai se julga bem, te julga mal.
CREONTE	— Basta! Não me interessa mais ouvir falar do assunto.
CORIFEU	— Está decidido, que roubarás a esposa de teu filho?
CREONTE	— Quem o decide é o destino. (*Aos guardas.*) Levem daqui estas mulheres e que de agora em diante sejam vigiadas todo o tempo. Pois mesmo os mais arrogantes se apavoram e procuram escapar quando veem que a morte se aproxima.

Saem Antígona e Ismênia, levadas pelos guardas.

CORO — Felizes os que não provaram na vida o gosto da aflição. Desgraçada da casa que os deuses escolheram para atormentar. Porque os que moram nela pagam para sempre a escolha fatal.

Eu vi, os meus antepassados viram, que desde tempos imemoriais os herdeiros de Laio herdam o poder e o destino trágico. Uma geração não redime outra geração e a raça continua olhando no infinito sem avistar jamais o fim de suas desditas. Os deuses implacáveis não descansam, o ódio do céu não se limita.

Agora mesmo, Antígona, um raio de esperança, brilhava suavemente na mansão de Édipo. Mas eis que num instante a luz se transforma em sangrenta nódoa por causa de um punhado de poeira oferecido a um morto e de algumas palavras imprudentes que não soube calar.

Porém, Creonte, embora haja os preferidos do infortúnio e os preferidos da sorte, uma verdade maior impõe sua verdade: "Nada de grande é dado ao ser humano que não venha acompanhado da dor correspondente." Assim, não pisa demais teu inimigo, porque é terrível quem chega ao fim do desespero. E invencível o que não tem nada a perder. Cuidado para que a infinita desgraça que vês hoje não te pareça, amanhã, ventura gloriosa comparada ao que te acontecer.

Entra Hémon.

CORIFEU — Mas aí vem Hémon, teu filho mais novo. Olha que expressão sombria. É evidente que já sabe do destino de Antígona. Antígona, que é o destino dele.

CREONTE — Quando eu quiser adivinhos mando chamar Tirésias. Por enquanto prefiro enfrentar o imediato. Que fazes aqui quando te necessitam na frente de combate?

HÉMON — Aproveitei a trégua momentânea, entreguei o comando a Megareu. Meu irmão é mais velho e mais experiente.

CREONTE — O comando eu entreguei a ti. Que quer dizer esta visita inesperada?

HÉMON — Notícias sombrias me alcançaram no meio da batalha.

CREONTE — Por acaso vens envenenado de ódio contra mim ou reconheces que, como chefe de Estado, agi em defesa da Pátria e, como pai, procurei teu benefício? Estás comigo em qualquer decisão ou, como outros, procuras analisar maliciosamente cada gesto que faço?

HÉMON — Meu pai, eu te pertenço. E tua sabedoria desde cedo traçou para mim as regras que eu sigo sem hesitação. Nenhum noivado poderia ser mais importante do que te conservar como meu guia.

CREONTE — Meu coração é grato por pensares assim. Para isso temos e criamos filhos. Para que honrem a nós e nossos amigos e saibam enfrentar conosco os mesmos inimigos. Renuncia, pois, a essa mulher que, na certa, não saberia manter nem a ordem em teu lar nem o calor do teu leito. Uma mulher assim só encontrará companheiro ideal nas profundezas da terra.

Foi a única de todos os cidadãos apanhada em aberta desobediência.

Eu não poderia decepcionar o povo que fez tantos sacrifícios e nem meus homens em armas, que deram sua vida pela causa, permitindo que ela tratasse nossa vitória com desprezo.

Não adianta ela apelar para as ligações de sangue e parentesco. Pois, se não consigo governar minha própria casa, como poderei manter minha autoridade na área mais ampla do Estado? Só sabe comandar quem comanda até o mais ínfimo detalhe. Só sabe comandar quem desde cedo aprende a obedecer. A pior peste que pode atacar uma cidade é a anarquia. Não estou disposto a deixar a indisciplina corroer meu governo comandada por uma mulher. Se temos que cair do poder, que isso aconteça diante de outro homem.

CORIFEU — Para nós, se a idade não diminuiu nossa percepção, tuas palavras são plenas de sabedoria.

HÉMON — Pai, a maior virtude do homem é o raciocínio. Não tenho a capacidade — e muito menos a audácia — para duvidar da sensatez do que disseste. Contudo, posso admitir que haja outra opinião igualmente sensata. Espero que não te ofendas se te contar que procuro, para minha própria informação, e para a tua, ouvir o que se fala contra o trono. Considero isso parte do meu ofício de soldado e parte de minha lealdade ao pai e soberano. A ti, nenhum cidadão viria dizer o que se murmura na sombra e nas esquinas:

"Nenhuma mulher", murmuram todos, "jamais mereceu menos destino tão cruel, morte tão infamante. Essa que ousou tudo para não deixar o irmão ser pasto dos cães e dos abutres devia ser coroada pelo povo, carregada em triunfo, vestida numa túnica de ouro." Esse é o murmúrio clandestino que corre por aí. Para mim não existe nada mais precioso do que o teu bem-estar. Se te conto o que ouvi é só para que conheças que sobre o mesmo assunto há mais de uma versão. Sábio é o que não se envergonha de aceitar uma verdade nova e mais sábio é o que a aceita sem hesitação. Quando a tempestade cai sobre a floresta, os abutres que se curvam à ventania resistem e sobrevivem, enquanto tombam gigantes inflexíveis. Domina a tua cólera e cede no que é justo. Jovem que sou, sei que o que digo vale muito pouco: acho que o ideal era nascermos todos sábios, sem precisarmos aprender nada de ninguém. Mas como isso acontece raramente, é bom ouvir opiniões contrárias.

CORIFEU — Senhor, acho que farias bem dando atenção às palavras de teu filho, e tu também, Hémon, ganharias ouvindo teu pai, pois ambos falaram certo e com cautela.

CREONTE — De nada vale minha experiência? Devo aprender com um homem dessa idade?

HÉMON — De tudo o que eu falei escolhe apenas o que é sensato. Examina meus méritos, não a minha idade.

CREONTE — De que méritos falas? O de defender desordeiros?

HÉMON — Para os desordeiros te aconselho a morte. Os que ouvi cochichando eram homens do povo, quase todos soldados. Comentavam também que não temos reservas para perseguir o inimigo até as portas de Argos.

CREONTE — O que se ouve reflete quase sempre o que se quer ouvir. Estás descontente com as ordens de combate?

HÉMON — Há um profundo descontentamento.

CREONTE — Que pretendes agora, me ensinar a governar?

HÉMON	—Te pergunto também: tenho que respeitar resposta tão infantil?
CREONTE	—Por quê? Achas que devo governar com a opinião alheia?
HÉMON	—Nenhum Estado pertence a um homem só.
CREONTE	—A cidade então não é de quem governa?
HÉMON	—Pensando assim, serias um bom governador, mas de um deserto.
CREONTE	—Vejam a fúria com que defende uma mulher.
HÉMON	—Se te sentes mulher. Só estou te defendendo de ti mesmo.
CREONTE	—Miserável! Combate o próprio pai. Em meu lar só tenho alimentado inimigos que se aliam a outros inimigos em todas as esquinas da cidade. Se não conseguem me afastar do trono, é só porque têm uma ambição sem causa. Um para fugir à luta, outro para escapar ao fisco, aquele por um pedaço de terra, este por uma mulher, todos são contra mim. Não te pedi nem te permito que me fales como um deles. Fala como meu filho, a quem tão cedo confiei minhas melhores tropas.
HÉMON	—Mais do que como teu filho, falo pela verdade. Repito: toda a cidade aprova a ação de Antígona, mesmo os que condenam Polinices.
CREONTE	—É fraqueza fazer menos do que eu fiz. Não basta apenas destruir o traidor. É preciso que seja exposto à execração para que fique o princípio: OS QUE SE DEIXAM CORROMPER SÃO ABATIDOS. Se a minha mão tremer, estou perdido. Se a minha voz hesitar, cairão sobre mim. E tu, que ignoras tudo ou quase tudo, pedes-me que escute a voz do povo. Essa voz que gagueja frases sem sentido. Para fertilizar o solo, é necessário força. Não se pergunta ao solo se deseja a lâmina do arado.
HÉMON	—Uma ordem generosa produz muito mais frutos. Para os que governam, saber esquecer é salutar.
CREONTE	—Para os governados ainda é mais. Por que não esqueces essa por quem tanto te expões? Largaste as tropas para interpelar-me. Defendes mais a ela que a Tebas.

HÉMON	— Defendo apenas a justiça.
CREONTE	— Confundes justiça com o desejo de levá-la para o leito.
HÉMON	— Isso é o que eu chamaria de uma grosseira estupidez se não tivesse sido dita por meu pai.
CREONTE	— Tua audácia cresce.
HÉMON	— Que queres: falar sozinho e não ouvir respostas?
CREONTE	— Fique certo porque é definitivo: essa mulher não será tua. Pelo menos neste lado da vida.
HÉMON	— A morte dela não matará só a ela.
CREONTE	— Agora é uma ameaça. Fala claro que ainda sou o teu pai, mas já não te compreendo. Vais pagar muito mais caro do que pensas o insulto e o desafio. Tragam aqui essa mulher odienta para que morra na presença dele, sob o testemunho do olhar do noivo.
HÉMON	— Nunca. Não penses que vou ficar aqui olhando com horror passivo a tua monstruosidade. Olha bem para o meu rosto: nunca mais teus olhos me verão. Continua, enquanto puderes, teus atos de demência; sempre haverá um lacaio que se fingirá teu amigo e dirá que ninguém tem mais bom senso do que tu. (*Em tom profético.*) Enquanto fores rei. (*Sai.*)
CORIFEU	— Lembra-te, Creonte, que o jovem que saiu daqui desesperado é teu filho mais moço. A dor que leva na alma é muito perigosa nessa idade.
CREONTE	— Que ele sofra e ameace o que bem entender; seu desespero não salvará da morte essas duas mulheres.
CORIFEU	— Pretendes então mandar matar as duas?
CREONTE	— Não. Escapou-me a sentença. Uma não tem culpa do que a outra fez.
CORO	— E a que morte pretendes condenar Antígona?
CREONTE	— Enquanto o povo se distrai nas praças, festejando a vitória, ela será enviada para um lugar deserto, enterrada viva

numa gruta de pedra, nas montanhas. Lá não lhe chegará um som de voz humana e poderá conversar em paz com seus mortos queridos. Receberá como alimento apenas a ração de trigo e vinho que os ritos fúnebres mandam dar aos mortos. Isso; para se manter viva terá que se alimentar com a comida dos mortos. (*Entra.*)

CORO — Quantas vezes uma fúria excessiva é apenas a fraqueza apavorada. Mas é tão mortal quanto uma força verdadeira. A filha de Édipo veste traje de luto e se prepara para enfrentar a sua hora, enquanto ao longe se ouvem os cantos e os risos pela vitória que nunca é total, jamais sem mácula. Mas o vinho de Baco é irresistível depois de uma batalha prolongada. Ó deus do amor, tu que venceste sempre, mesmo quando as aparências diziam que estavas derrotado. Ao sol do deserto em desespero, nas minas de sal cego ou sedento, no mar tranquilo ou furioso, o homem ama, e por amor tantas vezes sucumbe. Mas nunca é do amor que parte a violência e sim dos que, incapazes de amar, odeiam.

Antígona sai do palácio acompanhada pelos guardas.

CORO — E eis que vendo o que vejo não respeito lei nem lealdade. Não é possível se conterem as lágrimas ao ver Antígona caminhando para o sono no qual tudo se acaba.

ANTÍGONA — Vejam bem, cidadãos de meu país, reparem como Antígona dá o primeiro passo de seu último caminho. Com que angústia olho o sol que não verei de novo. Hades, o deus que fecha para sempre os olhos de todos os seres, a mim me conduz viva para as margens do além. Me tiram o véu de noiva, me dão o véu do luto, e eu vou, sem cortejo nem cantos nupciais, infeliz prometida do deus da escuridão.

CORO — Mas caminhas para a morte escoltada pelo respeito dos que te conheceram. Em tua cabeça há um halo de glória. A doença não consumiu teu corpo. O tempo não desgastou teu rosto. Senhora do teu próprio destino, única entre todos, desces viva ao mundo dos mortos.

ANTÍGONA — Ah, bem me avisaram do destino terrível que caiu sobre a filha de Tântalo, no alto do monte Sipila. As pernas presas por uma avalanche, seu corpo vivo ficou exposto ao tempo. As heras cobriram-lhe o tronco, confundindo-se com seus membros, impedindo-lhe os últimos movimentos. Dizem que não morreu, exposta ao céu, ao vento e à luz dos astros. É sempre inverno lá. E dos seus olhos caem límpidas lágrimas de neve. Quando me contaram essa história, eu não sabia que os deuses me preparavam igual destino.

CORO — Ela era uma deusa, filha de deuses. Nós somos humanos, filhos de mortais. Vês? Terás o glorioso fim reservado às divindades.

ANTÍGONA — Sei, zombam de mim. Em nome de meus pais, não podem ao menos esperar que eu vá embora, têm que rir de mim na minha cara? Ah, minha cidade, ah, Tebas dos mil carros, ah, homens ricos e poderosos de minha cidade. Sejam ao menos testemunhas de que um dia, sem um amigo para chorar o meu destino e pela força de leis que desconheço, penetrei viva numa tumba no coração da montanha, sepultura espantosa. Ai de mim, que não tenho lugar na vida nem na morte, ai de mim, sem lar entre os vivos, estrangeira entre os mortos.

CORO — Com extrema audácia tu te lançaste contra o duro pedestal do trono da justiça. Estás aí, caída, e a justiça está lá, inalterada. Mas se te consola saber, tua provação já estava escrita. Estás pagando ainda o crime de teu pai.

ANTÍGONA — Agora tocaste no ponto mais dolorido que há dentro de mim — a sorte de meu pai. E me vem o horror do leito de minha mãe, o tenebroso leito onde ela dormiu com o próprio filho. De que gente infeliz, de que desgraçado instante se gerou meu miserável ser. Nada de estranho então que agora eu esteja aqui abandonada e maldita, caminhando sozinha ao encontro deles. Ah, meu irmão, um gesto de amor por ti me traz a morte. Vivo, era bom estar viva a teu lado. Morto, me matas.

CORO — O poder, posto em causa, não pode recuar. Perdida pela cólera, tu que esqueceste de que a cólera não é um privilégio teu. Ela aumenta na proporção do poder. Teu impulso foi tua perdição.

ANTÍGONA — Sem prantos, sem parentes, sem marido é impossível retardar o meu destino: infeliz, não tornarei a ver o luminoso círculo do sol; em volta de mim, nem uma lágrima. Nem um soluço de amigo me acompanha.

Entra Creonte.

CREONTE — Não sabem que as lamúrias não cessariam nunca se deixássemos os condenados à morte dizer tudo o que sentem? Fora com ela, depressa, levem-na daqui. Quando estiver enterrada na montanha, como ordenei, na escuridão, e só, ela que decida se deseja morrer ou prefere viver emparedada. Não pretendo sujar minhas mãos com o sangue dela. Mas isto é certo: viva o que viva, jamais voltará a contemplar o dia.

ANTÍGONA — Tumba, alcova nupcial, eterna prisão de pedra, seja o que seja, lá esperam mortos sem número, para abrir seus braços de sombra a esta infeliz que desce à sepultura sem ter provado o gosto da existência. Levo comigo a esperança de ser bem recebida por ti, meu pai; saudada com alegria por ti, minha mãe; esperada com ternura por ti, meu irmão; pois, na hora da morte, eu não os abandonei. Os corpos de meus pais, lavei-os e vesti-os com minhas próprias mãos, encomendei-os aos deuses, pratiquei sobre eles os ritos funerários. E é por ter ousado fazer o mesmo com teu corpo em ruínas, meu irmão Polinices, que me dão a recompensa de te encontrar na morte.

Contudo, os cidadãos sensatos apoiam e dão razão ao meu comportamento. Sabem que se eu fosse a mãe de um filho e o visse morto, ou se meu marido morto estivesse apodrecendo ao sol, eu não enfrentaria a fúria da lei nem a incompreensão da maioria.

Qual a norma insensata — alguns vão perguntar — que preside o meu comportamento? É que, perdido um marido, não faltaria outro para me dar outro filho. Mas com pai e mãe já nas sombras do sepulcro, a vinda de outro irmão não é mais possível.

Eis por que coloquei acima de tudo as honras que Polinices merecia. E, por um gesto de piedade, me apontam como ímpia. Porque respeito os mortos, dizem que sou sacrílega. Mas breve, meu destino cumprido, eu saberei dos próprios deuses se errei eu ou se erraram os meus juízes. Se o erro é deles, me falta imaginação para lhes desejar um fim pior do que o que me impuseram.

CORO — A mesma fúria sempre, como um vento fatal, sopra em tua alma.

CREONTE — Não demorará para que verifiques todas as tuas dúvidas. Quanto a mim, que não duvido, não temo. Levem-na. Já retardaram demais minha sentença.

ANTÍGONA	— Tu, Creonte, e todos os que te apoiam contra mim verão o meu cadáver e o de meu irmão se multiplicarem por milhares nessa guerra sem fim. A vitória de uma batalha enlouqueceu a todos e se atiraram sobre o chão do inimigo, na cobiça da posse de uma terra que não lhes pertence. Mas já percebem que uma coisa é uma luta meritória em defesa do próprio lar, da própria vida, e outra, mais difícil, a luta pela conquista da cidade alheia, em terreno estranho. Já me chegou aos ouvidos que os campos estão cheios de cadáveres nossos que, como Polinices, não recebem nem sagração nem sepultura. E agora não é por determinação, mas por incapacidade tua. Ó pátria de meus pais, terra de Tebas. Aqui vou, com humildade, orgulhosa última filha da casa de teus reis. Se alguém perguntar quem foi Antígona, que respondam: foi aquela que morreu pouco antes de Tebas. (*Sai acompanhada pelos guardas.*)
CREONTE	— Ah, os que fazem predições em causa própria. Quando o mundo acaba para eles, gritam que o mundo acaba.
CORO	— Ei-la que vai ligeira, por entre os arcos e as guirlandas dos festejos. Terrível é a misteriosa força do destino: percorre distâncias infinitas e atravessa muralhas para ferir aqueles que escolheu. Dele não escapa o rei, o bravo, o forte, o poderoso, porque o vai apanhar, no céu, o raio; no mar, a tempestade; na terra, a peste ou o inimigo. Mais forte do que o destino é a cegueira dos que não querem ver. Antígona assistiu se forjarem espadas em fornos camuflados. E não indagou por quê. Viu gente estranha em palácio trazendo mensagens misteriosas. E continuou tecendo o seu véu de noiva sem buscar decifrá-las. As praças ficaram mais vazias, o frio da morte atingiu muitos lares, mas a filha de Édipo só despertou do sono quando ouviu o grito de terror em sua própria porta. Olhem agora metade da população de Tebas que se embriaga e canta. A luz das fogueiras faz que não vejam nada na escuridão em volta. Nem poderiam chegar aqui gritos de dor distantes.

Entra Tirésias, conduzido por um menino.

TIRÉSIAS	— Se celebram vitórias prematuras, a culpa não é minha. Só se devem usar os louros quando já estão secos. Quando verdes, seu gosto é muito amargo.
CREONTE	— Que é que isso significa? Pretendes me assustar?

TIRÉSIAS — Tu saberás uma e outra coisa se decifrares bem os sinais da minha arte. Estava eu sentado no rochedo dos augúrios, no local onde costumam se reunir todas as aves, quando ouvi um barulho aterrador vindo do céu. Eram os pássaros se atacando uns aos outros em desespero, com o bico e com as garras se rasgavam as carnes mutuamente, e as vozes de todos, que em geral entendo, como se fossem humanas, tinham-se transformado numa indecifrável algaravia. Tomado de pavor fiz acender logo a pira do holocausto. Mas nenhuma chama se ergueu do sacrifício. A gordura das coxas de animal pingava sobre as brasas produzindo borrifos violentos e uma fumaça preta. O fígado explodiu soltando o fel. E os ossos descarnados apareceram mais brancos que o normal.

CREONTE — Se entendo bem, é um terrível vaticínio em tempo de vitória.

TIRÉSIAS — Descrevo-te os sinais como me foram descritos por este menino. Ele é meu guia como eu sou de tantos. O que te digo é que meus ritos falharam e foi em vão que implorei aos deuses um sinal, repetindo inutilmente a imolação. Todos sabem que és tu o culpado da doença que ataca o nosso Estado. Os oratórios dos lares e os altares dos templos foram maculados, um e todos, por pássaros e cães, que devoraram pedaços da carcaça do filho de Édipo. Os deuses não estão aceitando nossas orações e nossos sacrifícios. Nenhuma ave do céu solta um grito feliz de bom augúrio desde que provaram a gordura de um defunto. Pensa bem em tudo que te digo, meu filho. A hora do erro chega a todo ser humano. Mas quem logo a percebe e se corrige é menos tolo, menos infeliz, tem menos culpa. Não apunhala quem já não tem vida. Perdoa o morto. Poupa o cadáver. Só desejo o teu bem, e é por teu bem que falo. Nada mais sábio que aceitar um conselho quando ele vem em nosso benefício.

CREONTE — Velho, tu e todos juntos atiram dardos contra mim como se não houvesse outro alvo no universo. E usam sobre mim, também, o anátema de todas as feitiçarias. A tribo dos videntes há muito que me usa, é uma raça que não me tem poupado. Conheço muito bem esses teus pássaros. Eles voam ao sabor de teu interesse. Sei que, se abrir meus cobres, eles voarão também de acordo com a minha vontade. Enche tua bolsa com o ouro branco de Sardes ou com o ouro das índias, se preferes. Mas nada me obrigará a dar sepultura ao traidor.

Nem que as águias de Zeus venham buscar pedaços da carniça para horrorizar o Olimpo. Pois nenhum homem mortal, por mais putrefato que esteja, poderá infectar os deuses. Presta atenção, carcomido Tirésias, mesmo os mais espertos falham desgraçadamente quando enfrentam propósitos ignóbeis com belas palavras, inspirados pelo amor do lucro.

TIRÉSIAS — Ai de mim! Quem me dera ser um pouco mais jovem. Na minha idade já não posso ter a ambição de que me acusas.

CREONTE — A idade não te livra de culpa. Há os que morrem roubando e amealhando, como se a vida fosse eterna.

TIRÉSIAS — Usas o teu poder contra indefesos. Ofendes porque não temes punições.

CREONTE — Que disse eu que não fosse verdade?

TIRÉSIAS — Que profetizo com intuitos baixos.

CREONTE — Todos sabem que a tribo dos profetas não resiste ao suborno.

TIRÉSIAS — Todos sabem que a raça dos tiranos só pensa em subornar.

CREONTE — Esqueces de que falas a teu rei?

TIRÉSIAS — Como posso esquecer, se foi ouvindo meus conselhos que tu salvaste Tebas e subiste ao trono?

CREONTE — És um adivinho hábil e te sou grato, mas preferes sempre vaticinar o mal.

TIRÉSIAS — Se é assim, me calo. Pois o que sei não te traz alegria.

CREONTE — Fala. Lembra, porém, que não negocio as minhas decisões.

TIRÉSIAS — Pois saiba então o fato que, uma vez sabido, tu amaldiçoarás, pois não poderás mais esquecer: o sol não completará muitas viagens e já estarás pagando com um ser saído de tuas próprias entranhas a vida que acabas de enterrar e o morto que não deixaste sepultar. Repete agora que eu só falo por dinheiro. Que me vingo de ti porque não fui recompensado. Muito pouco tempo vai passar antes que gemidos de homens e mulheres comecem a se fazer ouvir em teu próprio palácio. Um tumulto de ódio vai se erguer contra ti de todos os caminhos onde passarem tuas tropas deixando mortos aos cães e aos abutres. Pois tu falas de ambição. E, no entanto, os deuses se espantam vendo como a tua aumenta dia a dia. Tua guerra continua.

CORO — A guerra terminou. Apenas se persegue o inimigo para assegurar nossa vitória. O povo se embriaga de alegria. E os butins de guerra chegam a Tebas trazendo as riquezas conquistadas.

O homem partiu, ó rei, deixando conosco suas terríveis profecias. Mas não sabemos o que temer mais em tudo o que ele diz: se os augúrios que ouviu dos deuses ou as conclusões que tirou da própria experiência. Quando o conhecemos, ele e nós ainda tínhamos os cabelos pretos, e sabemos que nunca houve mais respeitável profeta na cidade.

Respeita-o tu também, mais uma vez, te aconselhamos. Manda que a juventude de Tebas volte dessa guerra distante. Perdoa Antígona o mal que ela não fez. Quem sabe ainda há tempo para aplacar as fúrias.

CREONTE — O peso da decisão cai sobre minha cabeça, esmaga meu orgulho, mas já não tenho escolha. A guerra, que poderia ter terminado quando o inimigo abandonou o cerco ao redor de Tebas, já escapou agora ao meu controle. Fui obrigado a castigar Polinices para satisfazer alguns de meus comandos. A condenação de Antígona, sei bem, fez muitos descontentes, entre eles Hémon, meu filho e capitão de minhas tropas. Disse que não o verei mais e eu não quero mais vê-lo. Resta-me Megareu, que poderá a qualquer instante mandar-me um mensageiro anunciando a vitória definitiva sobre Argos. Aí, mais seguro do trono, poderei ser tão humano quanto queiram.

CORO — Cede agora, Creonte, enquanto há tempo.

CREONTE — Agora pedem que ceda. Mas antes estavam todos a meu lado, enquanto tinham a certeza de que o cristal, o bronze e o mármore de Argos seriam todos nossos. Quando isso parecia fácil, a guerra parecia justa.

CORO	— A campanha foi longa demais e começamos a pagar diante de ti teus próprios erros. Até que começaste a agir conosco com mais crueldade do que com o inimigo.
CREONTE	— Percebo que a fala pueril de uma menina minou a todos.
CORO	— Ela tinha todo o direito de tratar Polinices como tratou. Era irmão dela.
CREONTE	— O chefe do Estado tinha todo o direito de tratar como tratou o traidor.
CORO	— O direito de respeitar os mortos é mais sagrado.
CREONTE	— A guerra criou um direito novo. E vós mesmos o sancionáreis.
CORO	— Quanto tempo nosso direito novo privará Tebas da paz entre seus filhos?
CREONTE	— Apenas o tempo de vencermos Argos.

Entra Mensageiro, quase morto.

MENSAGEIRO	— Senhor, um golpe terrível. Perdoa-me que eu seja um mensageiro da desgraça. Teu exército está completamente destroçado dentro de Argos, batido em fuga ou aprisionado. Teu filho Megareu está lá, morto, atravessado por uma flecha fatal, mas é apenas um corpo a mais, entre as centenas de corpos abandonados no campo de batalha. Só lutam até o fim os que não têm a coragem de fugir.
CREONTE	— Megareu, meu pobre filho.
MENSAGEIRO	— Foi um golpe infeliz do novo capitão. Assim que Hémon partiu, depois de lhe entregar o comando, Megareu reuniu todas as tropas para um outro assalto, embora muitas vozes discordassem e nenhum soldado estivesse em condições de luta. Era evidente sua intenção de tentar a vitória num ataque audacioso que o colocasse à altura de teu outro filho. O ardor com que partiu, a lucidez dos comandos e a segurança de que estava possuído deram a todos, por algumas horas, a certeza de que, enfim, o inimigo estava derrotado. Mas, pouco a pouco, a cidade devastada foi-se erguendo traiçoeiramente contra nós, se transformando em

tumba para os nossos. Os que escaparam vêm aí, em todos os caminhos, feridos, sangrando, mutilados, perseguidos sem dó pelo inimigo. Corri uma noite e um dia para pedir-te que mandes cobertura, ou os nossos serão massacrados até o último homem.

CREONTE — Que cobertura, se me resta apenas minha guarda? Que proteção, se Megareu está morto?

CORO — Tens que salvar os vivos. Corre.

CREONTE — Para onde? Que faço? Já não sei.

CORO — Esqueces que tens outro filho, maior comandante do que Megareu? Vai a ele e entrega-lhe o comando.

CREONTE — Ele não aceitará, depois de tudo.

CORO — Hémon conhece bem o seu dever. Vai, filho de Meneceus, enquanto há tempo. Liberta a jovem do seu túmulo de pedra, enterra o morto em campa piedosa e põe nas mãos de Hémon a salvação de Tebas. É o que nos resta.

CREONTE — Hémon, filho querido, agora que teu irmão já não existe, a dor de sua perda me traz o terror de te perder. Mas vamos travar juntos nossa guerra vã contra o destino. Venham comigo todos e tragam machados. Não deixem que meu coração fraqueje vendo a destruição que causei por não reconhecer que havia leis antes de mim. (*Sai com criados e guardas.*)

CORO — Ó tu que tens mil nomes, predileto de Zeus Tonitruante, Baco, glorioso filho e protetor de Tebas, manda apagar as fogueiras desse festejo prematuro, pois a fumaça do luto já sobe de nossas chaminés. O inimigo não estava morto como diziam arautos levianos; apenas beijava a terra materna pedindo-lhe novas forças. Não fugira como cantava a precipitação dos nossos chefes; procurando abrigo na floresta, fizera de cada árvore um terrível aliado. Não se entregara, como comunicava a empáfia da proclamação geral. Quando vimos, tinha entregado apenas velhos e feridos, bocas que tínhamos que alimentar ou trucidar, enquanto eles ficavam mais embaraçados para a luta.

E, agora, os que cantavam choram. Os que poderiam ter concedido uma paz honrosa e humana já não têm voz nem direito de implorar a paz e aprendem mais uma vez a verdade cansada: toda espada tem dois gumes. Nossas sete portas são agora sete terríveis ameaças. Mas as fúrias ainda não parecem satisfeitas e mandam à frente do exército de Argos um inimigo ainda pior: a peste. Ó dono das vozes negras da noite, envia depressa a luz da aurora, pois, se ela demora, ninguém mais lhe saberá dizer onde é que existiu Tebas. Que Hémon consiga reagrupar nossas tropas em fuga é tudo o que nos resta de esperança.

E já vivemos bastante para saber quão terrível é uma cidade depender de um homem.

Entra Mensageiro.

CORO — Que notícias, mensageiro?

MENSAGEIRO — Nenhuma que eu possa transmitir sem horror. Habitantes das casas de Anfion e Cádamo, não há posição que o homem atinja em sua vida mortal que se deva invejar ou lastimar. Não se diga que um homem é isto ou que não foi aquilo, que é perverso ou bom, sábio ou estulto, antes que a morte chegue e com ela o balanço final de toda a vida. A fortuna eleva e a fortuna humilha dia a dia, faz felizes e infelizes hora a hora. Foi apenas há um momento que Creonte salvou esta terra da desgraça: vestiu com justiça a toga do juiz, empunhou com propriedade o cetro do monarca. Reinou, um breve instante, pai glorioso de filhos principescos. Um giro só da roda da fortuna, e eis que perdeu tudo. Pois no estado em que está já não o conto entre os vivos.

CORO — Que nova desgraça pretende anunciar com tão terrível prólogo?

MENSAGEIRO — Hémon morreu. E não foram mãos estranhas que o mataram.

CORIFEU — Só podem ter sido então as mãos do rei.

MENSAGEIRO — Hémon matou-se com suas próprias mãos, enlouquecido pelo crime do pai.

CORIFEU — Ó amargo Tirésias, adivinho fatal! Tu prevês a desgraça ou a provocas?

Entra Eurídice.

CORIFEU — Cala-te agora, que vem aí a infeliz Eurídice, mulher de Creonte, mãe de Hémon. Pode ser apenas coincidência ou já terá chegado a seus ouvidos o rumor da maré do infortúnio que nos cerca.

EURÍDICE — Gente de Tebas, amigos desta casa, quando me dirigia para o altar de Palas, ouvi algumas das palavras que pronunciaram. O som do ferrolho, no momento em que eu abria a porta, impediu-me de perceber com exatidão o alcance da nova desventura. Mas já enfraquecida pela morte recente de meu filho Megareu, não resisti ao terror de mais uma desgraça e caí sem alento nos braços das escravas. Agora estou mais calma e imploro que me contem sem crueldade mas com precisão a amplitude do mal que me pertence.

MENSAGEIRO — Senhora, lhe dou testemunho do que vi e prometo não deixar nada sem ser dito. Por mais que doa a verdade, dói menos que a mentira, pois dói uma só vez. Guiei Creonte até a região deserta em que jazia Polinices, ou os restos podres e dilacerados daquilo que ainda ontem sorria com esse nome. Rezamos à deusa dos caminhos e pedimos a Plutão que contivesse sua ira. Lavamos o corpo com água consagrada e, juntando aqui e ali alguns gravetos, respeitosamente incineramos os restos do morto e seus poucos pertences. As cinzas foram, enfim, dadas à terra e sobre elas fizemos um túmulo modesto. Partimos então em direção da câmara nupcial de Antígona, onde a donzela esperava a morte emparedada viva. Alguém que ia na frente ouviu um gemido de homem partindo da masmorra e veio, apavorado, avisar o nosso rei. Quando nos aproximamos, o clamor saído das pedras se tornou ainda mais confuso enquanto o rei, desesperado, gemia e gaguejava angustiado: "Desgraçado de mim! Mil vezes desgraçado se o que pressinto for verdade. Essa é a voz do meu filho ou os deuses enganam meus ouvidos. Depressa, servidores fiéis, entrem depressa! Se alguém passou vocês também podem passar." Afastando um pouco mais a pedra da entrada, penetramos acompanhados do rei, que parecia louco. E, na parte mais profunda do sepulcro, descobrimos Antígona enforcada, num laço feito com o próprio véu. Hémon, abraçando-a pela cintura, chorava o amor perdido e invectivava o pai como assassino.

Mas Creonte, na dor do pai, ignorando a fúria do amante, perguntou aos soluços: "Meu filho, que cegueira é essa? Ficaste louco? Vem comigo, eu te imploro!" Hémon não respondeu. Olhou-o com um olhar gelado e cuspiu-lhe na cara, ao mesmo tempo que, num gesto feroz, atirava um golpe de espada contra ele.

Errando o golpe e vendo Creonte correr, apavorado, Hémon jogou todo o peso do corpo contra a espada, que o atravessou sinistramente, lado a lado. Moribundo, ainda abraça Antígona com os braços frouxos e, no espasmo da morte, lança um jato de sangue na face pálida da morta.

Morto abraçado a morto, lá ficaram.

Eurídice sai.

CORIFEU — A senhora saiu sem uma palavra, boa ou má, como se a tragédia não a atingisse. Como interpretam isso?

MENSAGEIRO — Estou também perplexo. Talvez que já tão dilacerada pela calamidade anterior esteja incapaz de sofrer mais. Ou se conteve em público para dar expansão à sua dor apenas na solidão da alcova.

CORIFEU — Que sei eu? A continência excessiva é tão excessiva quanto o desespero. Vai e procura protegê-la de si própria.

Sai Mensageiro. Entra Creonte, acompanhado de servos, e traz na mão a túnica e a espada de Hémon, manchadas de sangue.

CORO — Eis o que resta de nossa grandeza. Um velho trôpego que aperta contra o peito dolorido as relíquias do filho malsinado. O tirano já não tem poder. O herói já não tem vida. Tebas é um desespero, e o inimigo avança.

CREONTE — Olhem para mim e vejam a que preço aprendi a ser humano.

CORO — Desgraçado de ti que aprendeste tão caro e já tão tarde. Que não ouviste as vozes de conselho e confundiste o teu poder com o teu direito. A todos nos perdeste.

CREONTE — Que deuses traiçoeiros me apontaram os caminhos que segui e nos quais, me perdendo, perdi minha alegria?

Entra Mensageiro.

MENSAGEIRO — Senhor, a dor com que entras em casa é semelhante à dor que lá dentro te espera. A rainha morreu, igual ao filho na morte desgraçada — com golpes que desferiu no próprio peito.

CREONTE — Ó céus insaciáveis, cujo ódio nenhum sacrifício diminui. Eu já estava morto e outro golpe me mata uma segunda vez. Quantas vezes preciso purgar os erros cometidos? Quantos corpos dos que me cercam serão precisos para saciar a ira divina? O meu não basta? (*Ergue o manto e a espada.*) Tebas de Sete Portas, eis tudo que resta da estirpe de Laio. Meu filho está morto e a espada com que iria deter o inimigo aqui está, manchada do seu próprio sangue. (*Só então exibe a espada.*) Não temos mais comando nem vontade. Não sei para onde olhar nem onde buscar apoio. Levem-me daqui. Para onde eu possa morrer exposto ao tempo, a fim de que meu corpo desonrado acalme, enfim, a ira dos deuses e aplaque a fúria do exército inimigo. Para que Tebas não morra comigo. (*Sai, acompanhado pelos servidores.*)

CORO — A vida é curta e um erro traz um erro. Desafiado o destino, depois tudo é destino. Só há felicidade com sabedoria, mas a sabedoria se aprende é no infortúnio. Ao fim da vida, os orgulhosos tremem e aprendem também a humildade. Já tarde Creonte se oferece em holocausto. Tebas morre com ele. O inimigo avança.

© 2023 by Ivan Rubino Fernandes, Amir Haddad e Andrea Beltrão

Projeto gráfico: Cubículo (Fabio Arruda e Rodrigo Bleque)
Diagramação de miolo: Abreu's System

Direitos de edição da obra em língua portuguesa no Brasil adquiridos pela EDITORA PAZ & TERRA. Todos os direitos reservados. Nenhuma parte desta obra pode ser apropriada e estocada em sistema de bancos de dados ou processo similar, em qualquer forma ou meio, seja eletrônico, de fotocópia, gravação etc., sem permissão do detentor do copyright.

EDITORA PAZ & TERRA LTDA.
Rua Argentina, 171 — Rio de Janeiro, RJ — 20921-380 — Tel.: (21) 2585-2000.

Seja um leitor preferencial Record.
Cadastre-se no site www.record.com.br
e receba informações sobre nossos lançamentos e nossas promoções.

Atendimento e venda direta ao leitor:
sac@record.com.br

Este livro foi revisado segundo o Acordo Ortográfico da Língua Portuguesa de 1990.

CIP-BRASIL. CATALOGAÇÃO NA PUBLICAÇÃO
SINDICATO NACIONAL DOS EDITORES DE LIVROS, RJ

B392a
Beltrão, Andrea
    Antígona : ela está entre nós / Andrea Beltrão ; [Sófocles ; tradução de Millôr Fernandes ; prefácio de Andréa Pachá]. – 1. ed. – Rio de Janeiro : Paz & Terra, 2023.

ISBN 978-65-5548-102-0

1. Teatro brasileiro. 2. Representação teatral – Antígona (Mitologia grega). 3. Teatro grego (Tragédia). I. Sófocles. II. Fernandes, Millôr. III. Pachá, Andréa. IV. Título.

23-86619
CDD: 869.2
CDU: 82-2(81)

Gabriela Faray Ferreira Lopes – Bibliotecária – CRB-7/6643

Impresso no Brasil
2023

Composto em **Auxilia** e **Parisine** e impresso em papel off-white no Sistema Digital Instant Duplex da Divisão Gráfica da Distribuidora Record.